公元 787 年，唐封疆大吏马总集诸子精华，编著成《意林》一书 6 卷，流传至今
意林：始于公元 787 年，距今 1200 余年

世界的另一个你

著 / Waiting同学

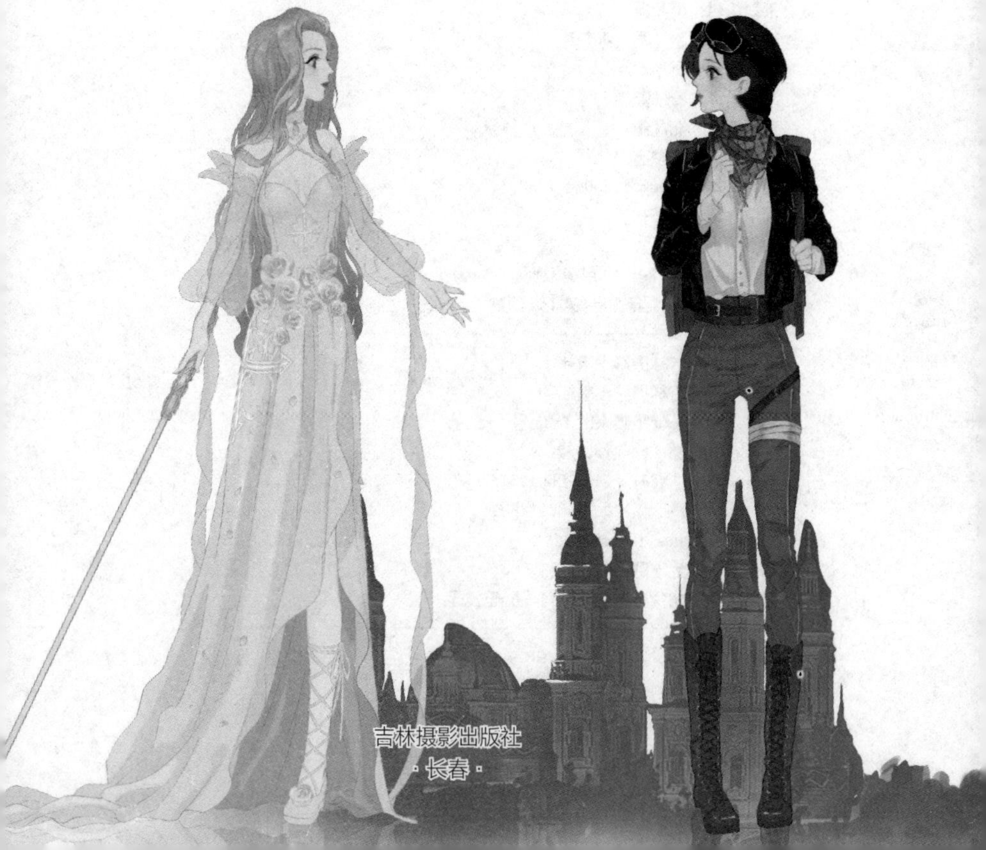

吉林摄影出版社
· 长春 ·

图书在版编目（CIP）数据

世界的另一个你 / Waiting同学著. -- 长春：吉林摄影出版社，2017.10
（意林告白的书）
ISBN 978-7-5498-3357-3

Ⅰ. ①世… Ⅱ. ①W… Ⅲ. ①长篇小说-中国-当代 Ⅳ. ①I247.5

中国版本图书馆CIP数据核字(2017)第243002号

世界的另一个你
SHIJIE DE LING YI GE NI

项目出品	意林告白的书
著　　者	Waiting同学
出 版 人	孙洪军
主　　编	顾　平　杜普洲
责任编辑	施　岚　孙　瑜
总 策 划	蔡　燕
丛书统筹	黄　磊
策划编辑	黄　磊
特约编辑	赵　军　张亦苓
设计总监	资　源
封面设计	资　源
美术编辑	孔凡雷
发行总监	王俊杰
开　　本	880mm×1230mm 1/32
字　　数	200千字
印　　张	8
版　　次	2017年10月第1版
印　　次	2017年10月第1次印刷

出　　版	吉林摄影出版社
发　　行	吉林摄影出版社
地　　址	长春市泰来街1825号
	邮　编　130062
电　　话	总编办　0431-86012616
	发行科　0431-86012602
网　　址	www.jlsycbs.net
经　　销	全国各地新华书店
印　　刷	北京市兆成印刷有限责任公司

书　　号	ISBN 978-7-5498-3357-3　　定　价：32.80元

版权所有　翻印必究
如发现印装质量问题，请与承印厂联系退换

自序

每一段青春都藏着绚丽城堡

　　每个女孩心里都有一个公主梦,幻想着自己住在城堡里,身边有优雅高贵的王子,威武俊秀的骑士,活泼可爱的好闺密。少女的粉色浪漫在脑海中浮现,一幕又一幕,于是有了这个故事的雏形。

　　我喜欢这个故事中的每一个人物,他们好像真实存在于我的身边,是我的朋友。善良胆怯的月影儿,感性坚强的Shadow,毒舌傲娇的维路希,冷漠细心的凉辰,温柔任性的华朵啦……他们不是完美的,他们都有各自的缺点,但他们在努力地成长,以独特的方式完善自我。人无完人,我更欣赏勇于直面自己缺陷的人。

　　我为这些我喜爱的人建立起了一个虚幻奇妙的国度——涟漪岛。在这个岛屿上,一切皆有可能,满足了青春的所有幻想。

　　肆意奔跑、美好浪漫的少女时代,离我已经越来越远了,但我的少女心却有增无减。

　　还记得学生时代,每次大考小考我都会特别紧张,也不是因为回答不上试题，纯粹是"考试"二字太有压迫感。当时就一直期望着，要是能有个和我长得一模一样的人来帮我答题就好了，最好那个人是个学霸，再不济，和我水平一样也行呀，反正别让我闷在静得可怕的考场答题就行。

双胞胎尚且有些许微妙的差别，熟悉的人一眼就能分辨出来。那么，和我完全相同的人，大概是世界上的另一个我吧？

世界之大，无奇不有。虽然我还没有机会遇到另一个我，但在我笔下的故事里，月影儿有了世界上的另一个她，强力的"作弊开挂神器"Shadow，只要呼唤一声，就能轻轻松松帮她解决掉所有难题。

月影儿胆怯，Shadow坚强；月影儿犹豫，Shadow果断。她们宛若双生花，是世界的两个极端，却各有各的美，傲然盛放。

张爱玲的红玫瑰和白玫瑰之说几乎无人不知无人不晓，近来刷爆朋友圈的左先生和右先生之说其实也是异曲同工。那么看完这个故事的你，是会选择月影儿还是Shadow，是会选择维路希还是凉辰呢？虽然故事是第一人称，故事中的"我"是月影儿，但我认为故事中的所有人物都是主角，缺一不可。

时光匆匆而过，十六七岁的我们，总觉得时间过得太慢，渴望快点儿长大，早日摆脱父母的约束，但等到真的长大了，却发现时间过得太快，等到要离开父母了，又怀念起父母的叮唠。十六七岁的我，也和你们一样，想要展翅高飞，向往无拘无束的自由。于是在高考填报志愿时，我选择了到离家一千八百多公里的城市上学。

近九个小时的高铁，陌生的地方，陌生的面孔，陌生的气候……一切都带着浓浓的新鲜感，当然，难免会产生一些对未知世界的担忧。但我是一个富有冒险精神的人，这个故事也充分体现了我的这个特性，如果可以，我希望自己能像故事里的主角一样，经历一场异域大冒险。

曾有读者问过我这么一个问题：你塑造的人物身上会有你的影子吗？

当然，任何作者创作，都无法脱离他们的认知。就像我们的先辈创造了凤凰这种富有神秘色彩的神兽，没人见过凤凰长什么样子，更没人知道凤凰到底是不是真实存在，但先辈根据已知的生物塑造出了凤凰的模样。一提到凤凰，我们的脑海里就会浮现出禽鸟的形象。

月影儿像我，却也不像我。

我是渴望冒险的，她却是被迫冒险；我最不爱哭鼻子，她却总是忍不住落下金豆豆；我独立自强，她却习惯性地依赖别人……但她才十八岁，回想十八岁的我，其实并没有比她强多少。谁能断言，一个胆怯的小女孩，长大后不能成为一个独当一面的人呢？

岁月和阅历会磨砺一个人。也许现在的你还不够自信，也许现在的你还不够坚强，也许现在的你还不够独立，也许现在的你还很迷茫，但没关系的，只要坚定信念，做好自己，平庸的沙砾也能磨成璀璨的珍珠，活出不一样的人生。

写下这个故事，是为了圆我少女时代的公主梦，谁还不是个小公主呢。不过这个故事有许多天马行空的地方,希望大家不要模仿。但愿翻阅此书的你能与故事中的人物产生共鸣,开启一段意想不到的冒险之旅,找到世界上的另一个自己。

  述此小文,和大家分享成长与写作的心得二三,如有唐突,还请一笑置之。

2017年5月26日
Waiting同学
于灯下记

世界的另一个你
目录

前传:传说中的神秘预言　001

》第一章　世界的另一个自己　007

我怀着对Shadow的歉意,一低头,看见了映在水面上的景象……

一个穿着和相貌跟我一模一样的少女,正与一位俊美的少年对立着。少年脖子上那淡淡的胎记妖娆艳丽,闪烁着令人敬畏的光泽,而少女右手紧握的银白色十字剑在阳光的照耀下也散发着冰冷而诡异的光泽。

》第二章　状况百出的旅途　029

我追问:"那你接下来有什么打算?"

凉辰想了一下:"到处流浪,寻找失去的记忆吧。"

相聚总是快乐而短暂的,分离总是酸楚不舍,可人生却是不断相聚又分离的过程,每个人都有自己的归途。

> 第三章 轰轰烈烈的选"美" 057

微弱的掌声响起，只见华朵啦站了起来，率先为我鼓起了掌。
她说："我认为，每一位参赛人员的勇气都值得被尊重。"

> 第四章 风风火火的野外赛 077

"可是闭上眼睛会摔跤啊。"虽然Shadow说得很有道理，但我还是满心忧虑。
"勇敢一点儿，如果不尝试就一定找不到出去的路。"
我犹豫了一阵："好吧，我相信你。"

> 第五章 图书馆的小发现 099

我小心翼翼地试探："那么，我们以后还会是好朋友吧？"
"当然，跟乞丐小姐成为朋友可是会提升我的魅力的。"他还是那副嬉皮笑脸的模样。
我问他为什么。
他说这样大家都会认为他很善良，居然会和乞丐交朋友。

第六章 原始森林冒险记 121

在我眼前的，竟是一只手拿火把的大猩猩！不，应该是人猿。这里不仅拥有原始时代的树木，而且还居住着古代人猿。

第七章 神秘城市寻人记 141

眼睁睁地看着身下的维路希继续卷入沙砾的旋涡，我的心就快要跳出来了，我赶紧伸手捉住维路希。
"放开我的手！木头人会支持不住的！"
我咬牙："不要！我死也不放！"

第八章 真伪十字剑项链 165

一位穿着黑色巫师长袍的人从人群中慢步走向水池，大家都用尊敬爱戴的目光凝视着他。整个死亡城没有亮起一盏灯，仅靠明亮的月光维持视线，月华把那人的白胡子照得发亮，他的眼眸中闪烁着某种亮晶晶的东西。

> 第九章 桃花乍现迷人眼　183

"你为什么要突然提起她呢？你跟她……是不同的。"维路希的声音中透着些无奈。

我跟Shadow不同？的确，我比她更胆怯，我没有她的坚强勇敢。而且，我也没有她跟维路希的过去……

> 第十章 寡言少女的阴谋　201

我不明白她为什么能在这么短的时间内改变了整个形象，不是外表的打扮，而是内心的形象，难道这才是她的真面目？

这个世界上，虚伪的东西太多，我已经越来越不会分辨是与非了。

> 第十一章 与涟漪岛说再见　219

离别，总是最伤人的时刻。

"各位，后会有期。"我登上小船，朝岸边挥手，凝望着那岸上越渐缩小的人影，眼泪忍不住流了下来，我捂着脸抽泣，默念着Shadow的名字，却迟迟得不到回应。

番外一　莱尔女士离家出走　231
番外二　凉辰和忍者　239

前传

传说中的神秘预言

月家的家谱中记载着这么一件事情,虽然有点儿不可思议,但它却真实地发生了,并改变了这个家族的命运——让它从一个小小的贫穷之家成为世界上数一数二的富豪,而且是人人艳羡的寻宝家族。

眼前是一片无边的荒漠,泥黄色的沙砾上偶尔冒出几棵泛黄的枯草。四周的空气仿佛凝固了,没有一丝风,炙热的太阳几乎要把人烤干。

沙地上留下了一个个沉重的脚印,但很快又被沙尘覆盖,不留痕迹。

月明喘着气,在刺眼的白光下艰难地行走着。烈日当空,他的影子被踏于脚下,只有孤零零的一点儿。汗水如断了线的珠子一般顺着脸颊一路滑下,滴落到滚烫的泥黄色的沙砾里,"吱"的一声,瞬间变成了水蒸气。

没错!这里是一处寥无人烟的沙漠,而且是埃及的一片一望无际的大沙漠!

而月家的祖先月明在这片沙漠已经漫无目的地行走了两天两夜，在经历了一场大风沙后，他彻底迷失在了这片浩瀚的沙漠之中。

他惶恐，他无助，他着急。

心中千万种情感纠缠在一起，像是无形的线拉扯着他的意志，推动着他前进。他想起了家中的妻儿，他们正急切地盼着他回去，他一定要完成任务，至少要平安回去！

月明这次闯入埃及，是为了寻找传说中的金字塔宝藏。

月明看了看水囊中所剩无几的水，无奈地叹了口气，一瘸一拐地继续前行。

就在他刚准备迈开左脚时，一阵不知从哪里吹来的狂风卷起了沙土。沙石在半空中旋转、飘浮，月明惊呆了，以为是沙尘暴又要来临，赶紧找了处比较高的沙丘躲在后面。

然而，让他万万没有想到的是，他会在沙丘下遇到了改变他一生的男人。

那个男人下半身都被埋在了黄沙之中，只露出肩膀以上的部位，大概是由于长期暴晒，嘴唇干裂，脸上毫无血色可言，但他的神情安然平静。

宝藏没找到，倒是找到了一具尸体？月明已对自己倒霉的际遇无力吐槽。

月明小心翼翼地走到男人身旁，怯生生地伸出一根手指，探了探男人的鼻息。虽然很微弱，但他还有气，他还活着！

救人一命胜造七级浮屠，既然这人还活着，自然没有见死不救的道理，虽然能不能救活还是一个未知数。

月明赶紧用晒得通红的手将覆盖在男人身上的沙子挖开，挪出他的下半身来，轻轻拍了拍他的脸颊："醒醒……你……你还好吗？能睁开眼吗？"

一袭神秘的黑色长袍紧紧地包裹着男人的身体，他明明生了一张平凡的脸，但身上却散发出一种莫名的震慑力。

男人的嘴唇微微颤动了一下，似乎在嘟囔着什么。月明低下头，将耳朵凑到他的唇边，才听清楚了他细微的声音："水……水……"

水……

沙漠中比黄金还要珍贵千百倍的资源，囊中所剩不多的水是月明在这片沙漠中最后的依靠。

月明犹豫地掂量了下轻飘飘的水囊。给还是不给？

内心挣扎了一番，月明艰难地咽了口唾沫，一咬牙，还是把水囊送到了这个命悬一线的男人嘴边。

水被烈日晒得温热，黑衣男人本能地吮吸着这救命的水，干裂的嘴唇渐渐得到了滋润，脸色似乎也好了一些。不一会儿，最后一滴水都落入了男人的腹中，但月明知道……这还远远不够。

男人能不能醒来，需要靠他的意志了。

好在月明的善心没有白费，良久，男人慢慢地睁开了紧闭的双眼，露出一双诡异幽深的暗紫色眼眸。

男人的眼眸如同黑洞，深不见底，月明只看了一眼，仿佛就要被吸进去，万劫不复。

月明下意识地后退，跌坐在地上，吸了口气。好可怕的眼睛！

"谢谢……你的水。"

男人动了动发麻的四肢，艰难地从沙地上挣扎了起来，脸色恢复了一丝红润。风卷起一阵沙尘，男人的脸在沙尘之中显露出一种朦胧的美。

男人与生俱来的一种强烈的压迫感使月明无端地恐惧，不敢多说什么，只淡淡道了一句："你没事就好。"

"你不需要害怕……我没有要伤害你的意思，只是……咳咳，既然你救了我，我应该报答你的。"男人突然勾起嘴角，露出一抹笑意，他神秘的黑色长袍在刺目的烈日下闪耀着星星点点的光泽。

月明连忙摇头，他的心里仍在害怕，一种说不清道不明的害怕。

"救人一命胜造七级浮屠，不需要什么回报的。"月明的声音有点儿颤抖。

"你把耳朵凑过来……"

神秘男人轻轻地咳嗽几声。

他的声线大概因为长期干渴已经嘶哑，并不好听，每说一句话，都好像费尽了全力。但他的声音却又带着某种无法抗拒的魔力，逼迫着月明不受控制地靠近他。

月明明明只想远离他！

男人轻声地在月明的耳边嘀咕了几句。

月明眼前一亮。

"真的吗？我明天就能找到宝藏？我们月家还会在冒险界取得重大成就，名流千古？"月明诧异地叫了起来，沙哑的声音在空旷的沙漠中回荡。

不知道为什么，他深信这个陌生男人说出来的话，即使这些话根本匪夷所思。

"对，但是你需要帮我完成一件事情。我知道你一定可以做得很好，哦，不，应该是你的后代……"

"什么事情？"月明警惕了起来。

他的后代？这是一个多么遥远的未来。

"你直系子孙中的第一个女孩，让她十八岁的时候去寻找我的后代……"

神秘的男人缓缓站了起来，但身子还很虚弱，踉跄了一下。他稳住了身子，就要离去。

"就这么简单？你说的话都是真的吗？还有……要怎样才能找到你的后代？"月明开始产生了一丝疑虑，如果这个黑衣人所说的都是真的，那么找他后代当然没什么问题，可是如果他说的话不是真的，那自己岂不是空欢喜一场？

"信不信由你。天机不可泄露，我只能给你这条手链。"神秘的黑袍男人把一条手链小心地放在了月明手中，末了，便转身朝太阳升起的方向头也不回地离开了。

月明目送男人离去，看着男人的身影渐渐消失在视野之中，一度怀疑那只是自己的幻觉，是海市蜃楼。但手中的十字剑手链却并没有消失，它静静地躺在他的手心，在阳光的照耀下闪烁着奇异的银白色光泽，像是天上一眨一眨的星星。

那个男人到底是谁？月明忍不住好奇。

就在他满脑子都是神秘黑衣男人的事情时，一颗被风吹起的石子击中了他的后脑勺儿。月明毫无防备，只觉得眼前一黑，便没有了知觉。

第二天，月明浑身酸痛地醒来，发现自己正处于一个陌生的地方，而四周堆砌着的年份古老的长砖又如此熟悉，好像是在哪里见到过。

好像是在一本考古书籍中见到过——是金字塔的内部！

后来，月明碰上了埃及的旅行者，跟着他们的队伍离开了这片一望无际的绝望沙漠。

发现新的金字塔的消息惊动了整个世界，许多人加入了寻宝的行列。

而月家就是其中最强大的家族，每一代人都能寻找到惊世异宝。

月家家谱里面记载着："月明的直系子孙，第一个女子，必须寻找神秘人的后代。"

等待了数百年，月家的第一个女孩终于出现在了这个美妙的世界上，迎接着她十八岁寻找神秘人后代的使命。她的名字就叫——月影儿！

第一章 世界的另一个自己

我怀着对Shadow的歉意,一低头,看见了映在水面上的景象……

一个穿着和相貌跟我一模一样的少女,正与一位俊美的少年对立着。少年脖子上那淡淡的胎记妖娆艳丽,闪烁着令人敬畏的光泽,而少女右手紧握的银白色十字剑在阳光的照耀下也散发着冰冷而诡异的光泽。

Vol.1

"小姐,影儿小姐……生日派对就要开始啦,你究竟躲到哪里了啊?"

莱尔女士忙碌的身影在雍容华贵的欧式风格私家别墅中穿梭。东瞧瞧,西看看,一会儿钻进柜子下面,一会儿又爬到水池中央的假山上,忙得不可开交。

而造成她如此慌张的罪魁祸首就是月影儿,也就是现在正急着找地方躲起来的狼狈的我。

为什么我要找地方躲?这还用问吗,不就因为那个该死的约定!竟然要我去寻找什么神秘人的后代。像我这种胆小怕事的人,要我独自流浪到一个陌生的地方找一个陌生人,这不等同于推我入火坑吗?

这世上怎么会有这么不为后人着想的祖先?

今天是我的十八岁生日,也是我命中注定要离开故土远走他乡的日子。我从小在这里长大,早对这座华丽的别墅产生了浓厚的情感,现在居然要我与它分别。我怎么舍得……

我躲,我躲,我躲躲躲!

可是，比起我这个路痴，莱尔女士对这座别墅格局的熟悉程度，可以说是闭着眼睛都能把我从别墅的任意一个角落给揪出来。所以，她不一会儿就找到了我，而且她现在还揪着我的后衣领，狠狠地指着我的鼻子不满地唠叨着。

"小姐，你怎么能躲着我呢？派对就要开始了，外面来了很多人，有记者、亲戚、夫人和老爷的朋友（此处省略多个称呼）……就只差小姐你这个主角了。虽然夫人和老爷也经常因为要躲我偷跑出去，不过今天是十分重要的日子，小姐万万不能缺席……"莱尔女士不断地用"魔音"摧残着我的耳朵，使我得了短暂性失聪。

好吧，就在我失聪听不见任何声音的期间，简略介绍一下莱尔女士好了。

莱尔女士，"芳龄"五十八岁，月家的总管家。听说我爸给她偷偷取了个小名叫"来耳"，意思是她一来，耳朵就要失聪，所以月家上下都很怕她。但是基于她的管理能力无人能比，而且对月家别墅地理位置的熟悉程度，没有人敢提出开除她。

所以我那没良心的父母就把我一个人扔在这里受莱尔女士的"虐待"，自己拍拍屁股，收拾了个包袱，偷偷在某个月黑风高之夜溜了出去过二人世界，一去就是好几年，也不知道现在去了哪里，在做些什么事情，只是偶尔能从电视机中得知月家现任当家找到了某某宝藏之类的消息来确认他们没有出意外。

"小姐？你在听我说话吗？"莱尔女士发现了我在神游太虚，不满的神色挂在干巴巴的脸上，皱纹拢成了一个个疙瘩，简直可以夹死一只苍蝇。

我顽皮地朝莱尔女士吐了吐舌头，扭过头悄悄做了个鬼脸。我才不要让她看见呢，要不然等下我的耳朵有得受了。

"你这是在做什么动作?我可怜的小姐,你什么时候变得这么淘气了?"糟糕!还是被莱尔女士发现了,好吧,现在唯一的办法就只有乖乖投降,跟她去参加形式上的生日派对了。

"好了好了,莱尔女士,不是说生日派对就要开始了吗?现在还不快……"

我的话还没有说完,莱尔女士就做出了个一语惊醒梦中人的表情。在我还没反应过来的时候,她已经把我以比风还快的速度轰轰烈烈地拉到了更衣室。我就这样被众多各式各样的化妆师包围起来,成为一个任人摆弄的布娃娃。

带着丝丝芳香的清爽海风,一望无际、仿佛与蓝天连成一线的深邃大海,汹涌澎湃的海浪在拍打着礁石,溅起无数水花,在阳光的照耀下闪烁着迷人的光泽。

黄澄澄的沙滩上,一张宽敞的檀木复古花边长桌摆设在正中央。桌子上摆放着奢侈而美味的食物,食物的香味混合着清新的大海气息,有种说不出的惬意,满桌子的食物让人看着就垂涎欲滴。

而在这张檀木长桌不远处,一辆黑色的加长版宾利缓缓停稳。司机绅士地走下车,恭恭敬敬地打开了后座的车门。莱尔女士率先探出了头,在客人们热情的目光下以优雅的举止不慌不忙地下了车。

我的心像是装了只活泼好动的小兔子,扑通扑通地跳个不停。我把两只手合在胸前,坐在车里祈祷着,希望自己可以隐形,大家都看不见我。

神啊,救救我吧……

可是我不是忍者,我不会隐身术,所以不一会儿,我就迎上了

第一章 世界的另一个自己

众人灼热得简直可以把我看穿的目光。

"长枪短炮"对着我"咔嚓""咔嚓"地闪个没完没了。

"哇哇！她就是月影儿吗？好可爱哟……"

"好萌的小萝莉，好想捏一把她的小脸蛋！"

"她今天就要开始一个人的流浪了吗？可是为什么是她啊？看起来这么娇小的一个小女孩……"

拥挤的人群中一阵阵时高时低的喧哗，声音洪亮得连旁边的海浪声都被掩盖了。那紧紧挨在一起的身体，那黑压压的人头，都是今天来为我庆祝生日的来宾，不过他们真正的目的只是想见证我离开这个可爱的家乡。

为什么他们对我会这么好奇？仔细想想，大概是因为我从未公开露面，媒体都不清楚我的容貌，因此我也被他们说成是神秘的人。对此，我深感无辜。我只是害怕面对镜头，害怕看见这么多人而已啊！

我有人群恐惧症……

"今天是我们家小姐月影儿的生日，感谢大家来到这里为她庆祝。大家都应该知道，今天并不是普通的生日派对，而是我们家小姐独自外出流浪的日子……"莱尔女士洪亮的声音在与大海的咆哮对抗，回音响遍每个角落，"小姐，麻烦你过来一下。"

莱尔女士向正捂着耳朵，表情尴尬的我看来，闪烁的目光示意我规矩一点儿。

我在她X光般的压迫下，也只好乖乖就范，一步一步小心翼翼地挪动着脚步，以免踩到裙摆，在众目睽睽下出丑。

此时的我正穿着一件雪白的欧洲宫廷式公主泡泡裙，胸前和裙摆点缀着华丽而有层次感的蕾丝，衬上一条泡泡裤，形成了一种蓬松的视觉效果，素雅而不失高贵。

"小姐，这是老爷临走前留下的信，他叮嘱我一定要在你十八岁生日那天给你，他说这信是月家祖先月明留传下来，要给月家第一个女孩的，听说这封信里面隐藏着很重大的秘密。"莱尔女士讲得眉飞色舞，唾沫星子喷得我满脸都是，害我不断地在大庭广众之下非常不雅观地擦着脸。

不过这并不是重点，重点在于那一封信。隐藏着一个很重大的秘密？怎么我从来没有听说过祖先月明有这东西流传下来，是我太孤陋寡闻了吗？还是实际根本没有这东西的存在，只是莱尔女士想要增加神秘感而捏造出来的？

"天啊！重大的秘密？头条头条啊……"

"到底是什么秘密啊？"

"会不会是关于古墓遗迹之类的呢？"

四周传来无数八卦新闻记者的议论声，他们情绪高涨，不停地朝我这边拍照，刺眼的闪光灯使我连睁开眼睛都变得困难。而且他们个个都激动地挪动着身子，要不是有庞大的保安队伍在维持秩序，我想这群疯狂的记者一定会一拥而上，抢走我手中的信。

莱尔女士满意地听着旁边嘈杂的声音，嘴角勾出了一抹"慈祥"的笑意，眼角弯成了月牙形："好了，时间也不早了。小姐，准备好了吗？你的旅程就要开始了。"

"啊？这么快？派对不是还没有进行吗？我……"我被莱尔女士的笑容吓出了一身鸡皮疙瘩，这笑容……根本就是狡猾的老狐狸式笑容嘛！

莱尔女士狠狠地瞪了我一眼，然后一摆手。站在旁边的两个保安会意地点了点头，迈着几乎一致的步伐向我逼来，然后两面夹立马动手,用这张纸折出许愿船!

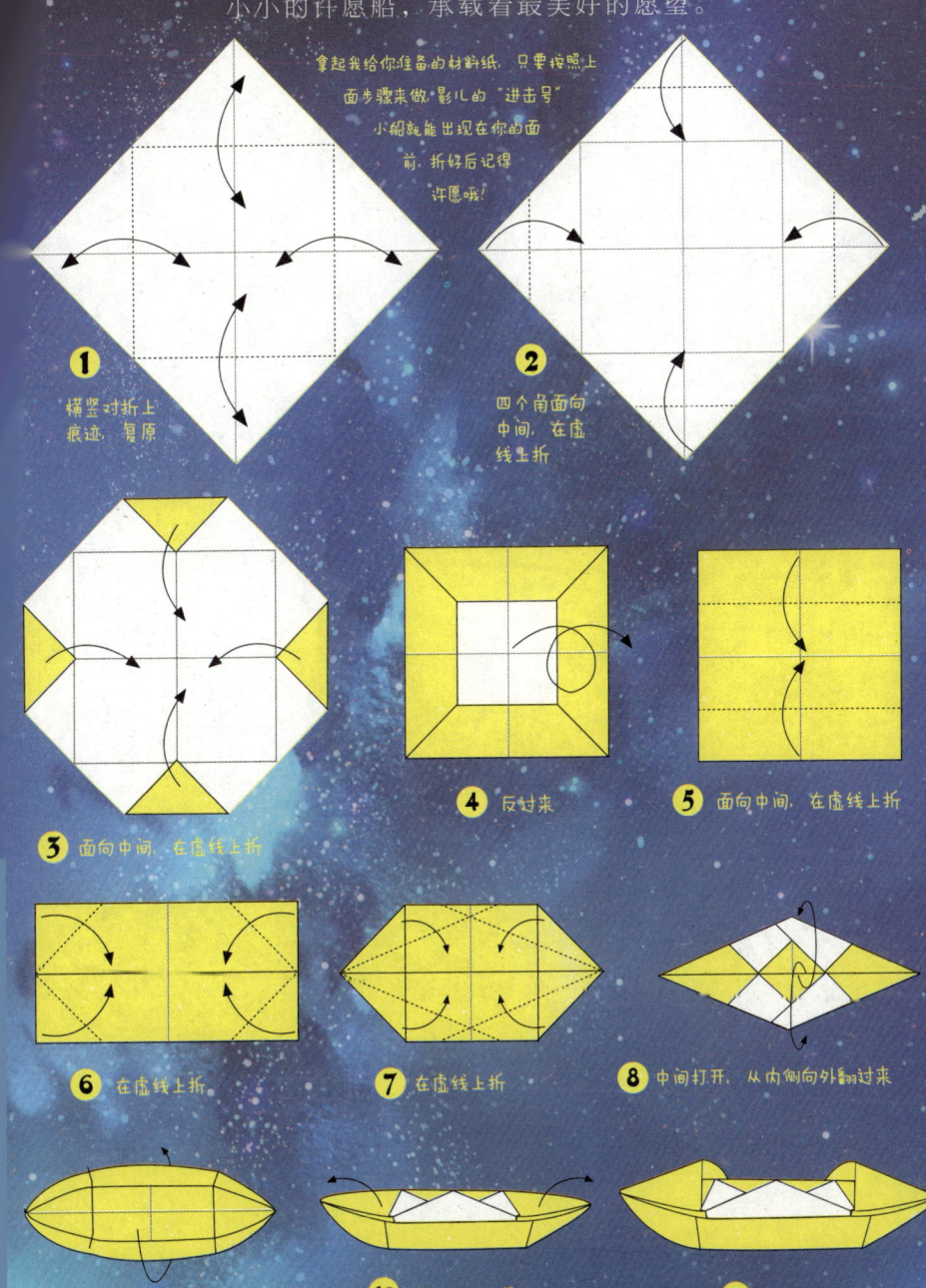

攻，把我架到沙滩最接近大海的地方，完全无视宾客们惊讶不已的目光。

"救命啊！救命啊！莱尔女士你怎么回事？干吗架着我？你们造反了，我可是你们的大小姐……"眼看着自己越来越靠近大海，我的心里涌现出说不出的慌张感。我手脚并用，在半空中划出了无数道弧线，但我的力气远远比不上强健的保安，最后只好抛弃一切理智，用呼救的方法了。

难道他们要把我扔进大海喂鲨鱼？不要啊，不要啊……我不想英年早逝……

"对不起，让各位受惊了，这是我们老爷的意思，他害怕小姐中途逃跑，命我使用这种简单粗暴的方法，实在是抱歉。"莱尔女士发现全场人的神情都很不对劲，马上解释道。

旁边围观的人都了然地"哦"了一声，继续拍照。

"不要拍了，不要拍了……哎哟……"我连忙用手遮住脸，可是记者们都好像着了魔，没有人肯放过我。连保安也毫不客气地把我"丢"到气艇上，虽然一点儿也感觉不到疼痛，但是我心灵上已经受到了严重的打击。

首次出现在公众场合就给别人留下一副狼狈不堪的模样，好丢脸，我不要活了……

他们好过分，居然这样对我！

呜呜……

"小姐，对不起，我这都是为了你好……嘤嘤……你一路上要多加小心啊，一定要平安回来……我会在这里等着小姐回来的……小姐……"

我无助地坐在气艇上，望着离我越来越远的陆地、越来越远的人群，还有擦着泪水的莱尔女士，心里生出了不舍。看着她流着泪、皱纹交错的脸，满肚子的不满也渐渐消失了。

从小照顾我的莱尔女士啊……

我答应你，我一定会平安回来的！

陆地上的人慢慢变成了一个个小小的黑点儿，最后消失不见。四面八方都是蔚蓝的海水，温和的阳光洒在水面上，波光粼粼的……

Vol.2

耳边传来海浪拍打礁石的响声。哗啦啦的，清晰无比。

"咳咳……咳……"我难受地睁开眼睛，胃里一阵排山倒海，一股咸咸的味道涌上喉咙，我干咳了几下，从嘴里吐出了不少海水。

不知道是不是最近我碰上了衰神，做什么事都不怎么顺利，现在就更不用提有多惨了，居然在茫茫的大海上"好运"地遇上了风暴，一个巨浪像棉被一样盖过来，把整个气艇掀翻，我也被冲进了海水里。

本来以为会就这样死去，没有想到还活着啊，这大概是不幸中的万幸了……果然，我命不该绝！

映入视线的是一片树木茂盛的森林，隐约还能听到附近禽鸟鸣叫的声音。我从地上爬起来，湿漉漉的衣服紧紧地贴着身体，一阵凉风吹来，冷得我直打冷战，几乎连体内的血液都在凝固。

"好冷啊……这里究竟是什么鬼地方啊？"我蜷缩着身体靠近不远处的海，浪潮一涨一落，打湿了一片干燥的沙滩，不时还能看见几只螃蟹在霸道地横着走。

第一章　世界的另一个自己

我探着身子凝视水面，远处的太阳照在了水面上，它散发着的温暖的橘黄色光芒洒在我的脸颊上，有点儿像记忆中母亲温和的手。清澈的水中，我的模样渐渐清晰，一张我既熟悉又有点儿陌生的面容出现在泛着橘黄色光芒的水面上。

原本乌黑透亮的俏皮短发还滴着水珠，紧紧地贴在被阳光照得泛出淡淡红色的皮肤上，小巧挺拔的鼻子和如樱桃般水润亮丽的双唇都沾上了水，衬着湿淋淋的欧洲宫廷式泡泡公主裙，简直就像是一只刚被浸过水的狼狈小鸭子。

我很不高兴地朝水中的自己努了努嘴，朝水面龇牙咧嘴地做着鬼脸。然而，不可思议的事情发生了……

水面上我的倒影竟然捂着嘴巴笑了，眼角还笑成了好看的月牙形，动作也十分优雅！这……这怎么可能啊！

这明明不是我所做的动作啊！怎么水中的倒影跟我的动作根本不一致？

是我的眼睛出毛病了吗？

我心有余悸地揉了揉眼睛，眼角还偷偷地往水面上瞟……水面上的倒影居然睁大那澄澈灵动似清水的双眸，无辜地看着我，嘴角依旧勾勒着美妙的弧度。

啊啊啊！这到底是怎么回事？难道我的眼角膜出问题了？还是我近视了？可是我前几天才去检查过视力，一切都很正常啊！

我想这大约是我这辈子遇到过的最不可思议的事情了！可万万没想到，更不可思议的事情还在后面等着我。

就在我害怕地后退，想要快点儿离开这片恐怖的大海时，一阵清脆如流水敲击石子的声音不知从哪里冒了出来，吓得我一个激灵。

"呵呵，你是叫影儿吗？"

"是谁？你怎么知道我的名字？"我逃似的远离了大海，躲在了一棵看上去还算结实的大树后面，小心翼翼地四处张望。

明明除了我，一个人也没有！

那美妙的声音再次响起，我觉得那好像不是从耳朵传入我的听觉神经的，那种感觉就像是自己跟自己说话——那不就是说，那声音源于我的大脑？

"影儿，你不要害怕，我是不会伤害你的……我，是你的倒影，你可以叫我Shadow，我和你其实是一个整体，谁也不能离开谁……而你刚才在水中看到的自己，那就是我。"

"啊？你在说什么？为什么我完全听不懂？"我迷惑地搔了搔后脑勺儿，一脸茫然。

Shadow轻笑一声，耐心地跟我继续解释："你只需要明白，我就是你，而你就是我。你可以随时呼唤我，这里很危险，而我会想尽办法保护你的，我的任务实质上就是守护影儿你啊……"

"守护我的Shadow？"我胆怯地从树后面走了出来，阳光照射在树上，透过碧绿如翡翠的树叶，在我的身上投下一片斑驳的光点儿，脸上微微颤动的水珠似乎闪烁着惊讶的光泽。

"你走过来一点儿，靠近大海，从水里面你就能看到另一个你，也就是我……"Shadow的声音柔美，犹如动人心弦的歌曲，驱使着我的脚不受控制地走回岸边。

果然，当我再次从澄澈的水面上看见与自己一模一样的面孔时，水中的自己，哦不，应该是Shadow，正笑容满面地看着我，清秀的面容被一层似有似无的透明水面隔着，让我有种近在眼前却远在天边的感觉。

第一章 世界的另一个自己

阳光的余晖洒落在水面上,Shadow的脸颊被染成了淡淡的红色,就像是一个情窦初开的少女。

Shadow朝我眨巴了一下眼睛,我立刻有种触电的感觉。好可爱……怎么我平时没发现自己这张脸蛋居然如此富有魅力。

清脆悦耳的声音从Shadow的樱桃小嘴中如流水般传出:"影儿,如果你遇到危险,只需要看着水,然后在脑海中不停呼唤我的名字,我会借用你的身体帮你解决问题。但是……"

Shadow沉默了下来,仔细地打量了我一下,为难地皱起了眉头,右手托着下巴做沉思状。

"但是什么?有什么话就直接说吧,不要卖关子了。"看着Shadow深沉的模样,我竟有点儿不习惯。细想一下,自己似乎从小到大都没有做出过这样严肃的表情,可是现在看到和自己一模一样的Shadow,虽然也是自己,这么严肃,真的很不习惯啊。

"但是身体只有一个,如果我用了你的身体,那你的灵魂不就要暂时保存在水中了吗?我就在想这个问题,我怕万一没处理好……"

Shadow絮叨起来真的和莱尔女士不分上下,我似乎已经听到了莱尔女士的唠叨了。

我不耐烦地捂住耳朵,拼命地摇着头示意她不要再说了,最后还是忍不住阻止了她:"Shadow!你不要有这么多顾虑了,反正我们是同一个人,没什么怕不怕的,你把心放回原位就好。"

Shadow见我有发飙的趋势,无奈地叹了口气,没有再继续说下去。

"这才对嘛。那Shadow,以后我就拜托你了哦,嘿嘿。"我像小狐狸一样有点儿狡猾地嬉笑了几声,把Shadow冒汗的表情直接屏蔽掉。一个小恶作剧的念头闪过脑海,我再次唤了Shadow一声,让她伸出一根手指点触着水面。

我半蹲在岸边,也伸出了一根手指点触水面,当两个手指头相互碰触时,我仿佛隐约感受到了另一个自己的存在,感觉到了她冰凉的气息。

就在这时,我从小就戴在手腕上的十字剑手链神奇地散发出银白色的光泽,就像是夜空中的星辰,璀璨夺目。

"神秘人给祖先月明的十字剑手链竟然发光了!天啊,大发现!大发现啊!"

我激动得手舞足蹈,好奇地把手腕上散发着微弱银光的十字剑手链凑近眼前。手链发光的同时,似乎也散发着一种冰凉,就像是沉坠在深海中的滋味。冰冰凉凉的气息拂过我的脸颊,我不禁打起了冷战。

也许是由于我心情过于兴奋,导致我完全无视Shadow担忧的提醒,因此发生了后面的悲惨事情……

我,月家的大小姐,竟然在站起来准备转身离开的那一瞬间,脚后跟很不小心地踩到了一块精致光滑的小鹅卵石,最终"扑通"一声掉进了大海里,溅起了巨大的水花,连旁边树上的树叶都打湿了。

不多时,一阵如杀鸡一般的吼叫声从水中传来,惊动了森林里不亦乐乎地唱歌的鸟儿。千万只小鸟不约而同地扑棱着翅膀奋力冲向蓝天,掉落了无数羽毛在半空中回旋。

"救命啊!我的脚……抽筋啦……"

第一章 世界的另一个自己

Vol.3

清晨的阳光透过墙壁的缝隙射入小破庙，阴暗的空间亮了不少，一道道光线如蜘蛛丝一般交错在半空中，编织成一个遍布角落的光网。

身旁堆积起来的树枝早已经被火烧成了灰烬，从门口吹进的风把灰烬吹得到处都是，一片狼藉。

倒霉的我，昨天很不小心地掉进了水里，脚还很不听话地抽筋了，好在有Shadow的帮助，要不然我已经见不到今天这个晴朗的早晨了。

而且，当我千辛万苦地从冰冷刺骨的海水中爬上岸时，那原本万里无云的蓝天居然一瞬间电闪雷鸣，然后便是一发不可收拾的大雨。仿佛千斤重的雨点把我的泡泡公主裙打得破破烂烂，现在我身上的衣服已经没法看了。

呜呜呜……我怎么这么悲惨啊，这个可疑的岛屿上一定存在着我的克星，要不然我怎么会这么倒霉。为什么偏偏是我，为什么偏偏要我流浪到这种人烟稀少的小岛屿……

越想越觉得委屈，我用尽全身力气抓着身上褴褛的衣服，鼻子酸溜溜的，眼睛被湿气弥漫着，眼前的景象变得模糊不清，像是隔了一层雾气。

"影儿，你还好吧？不如你先去找找这附近的人，让他们帮助你，不要难过了啊……"Shadow 察觉到我的不对劲，不知所措地安慰我。

但她越温柔，我就越是控制不住自己的眼泪。

"Shadow……我好害怕，我觉得这里很可怕，我好想离开这里，我好想莱尔女士，好想爸爸妈妈……"我双手捂着脸，眼泪湿润了掌心，身体也由于哭泣而颤抖着，就像一片在秋风中无助的树叶，仿佛一吹就会飘走。

"不要害怕，你还有我啊。影儿，你要坚强点儿，你必须学会让自己强大起来……"

Shadow说话的语气承载着满满的关爱，与她相比，她就像是一个经历过无数风雨的大姐姐，而我只是一个还没有长大的小妹妹。

截然不同的性格。我不禁再一次怀疑，这样的Shadow，真的是我吗？

"谢谢Shadow，我会努力改变自己的！"

我吸了吸鼻子，擦干眼泪，强迫自己不要再想下去，现在最重要的事情是要找到神秘人的后代，不是吗？

我一定要克服自己的胆小……只要早日找到神秘人的后代，我就顺利完成任务了，就可以回到那个温暖舒适的家了。

对！我要赶紧振作起来！真的太感谢你了，Shadow！

我腾地站了起来，拍拍身上的灰尘，心中一股前所未有的暖流蔓延至全身，眼中似乎燃烧起了熊熊烈火，比天上的太阳还要灼热。

"这才是我最可爱的影儿呀，走，我们一起去找岛上的人……"

脑海中隐约浮现出Shadow雄赳赳气昂昂的英姿，她正指着太阳升起的地方，清秀可爱的脸上绽放着比鲜花还要娇艳的笑容。

可惜，梦想是丰满的，现实却很骨感。

"Shadow，这个岛上真的有人吗？怎么找了这么久还没看到有人居住过的痕迹?"

我坐在一块相当光滑的大石头上面,手握成拳头轻轻地捶打着泛酸的大腿,挂在嘴边的是已经重复了无数遍的话语。

Shadow沉默着一言不发,像是在思考着什么,良久才发出明显有点儿无奈的叹息:"我记得……好像这附近是有一个王国的……好像就在不远的地方……呃……"

"也就是说……你不确定?"我沮丧地耷拉着脑袋,身体疲惫,心更疲惫。

"是这样子的……"

Shadow幽幽地冒出的话,让我仅存的一丝希望都破灭了,心情仿佛掉进了冰窖里。

"对不起,影儿……"Shadow抱歉的话语飘过我的脑海,声音中透着沮丧和无奈。

我们就这样待在原地唉声叹气,时间一分一秒地过去,刺眼的太阳也越升越高,猛烈炽热的阳光烤着大地,朦胧中似乎能看到蒸气从水面上腾起,消失在空气之中。

我躺在石头上仰望遮蔽着我的树木,白色的阳光把沾有少许尘埃的树叶照耀得透出了淡淡的碧光,像是无数只萤火虫在黑夜中舞动着灵巧的身段,一阵风轻轻吹过,让我产生了困意,惬意极了。

我昏昏欲睡,即将沉醉在甜美的梦乡中。Shadow突然大叫了一声,警惕的声音中夹带着一种我无法说清的感情:"影儿,有人朝这边来了,你要小心点儿,必要时可以呼唤我。"

有人来了?

我半闭着的眼睛立刻睁得比灯泡还要大,每根柔软的神经都绷得紧紧的，整个人就像是一把被拉紧的弓，兴奋得都快颤抖了。

真是来之不易啊，终于有个人来这片荒无人烟的森林了！

我像小兔子一般竖直耳朵，尝试聆听草丛间微弱的动静，以及那若有若无的脚步声。风把异常茂盛的野草吹得呼呼作响，难以分辨是否真的有人向这里走来。

好吧，豁出去了，要是那人找不到我，我去找他好了。

于是，我便昂首挺胸，怀着满腔期待往发出声音的地方走去。随着与声源越发接近，声音也越来越大……似乎……应该真的有人啊！

对于这个重大的发现，我简直要高兴得冲上天空了。在这个偏僻的森林里辛苦了大半天，现在居然来了个人，早知道就姜太公钓鱼地等"鱼儿"上钩好了，害我忙碌了这么久。

从几乎比我还高的野草的缝隙间，隐约看见一抹颀长挺拔的背影，看身形大约是个少年。我不由得加快了脚步。

那抹身影越发清晰。那人正背对着我眺望大海。

高傲的海鸥在汹涌的波涛上盘旋，浪花在阳光的照耀下闪着粼粼波光，风吹起地上的落叶，而少年一动不动地屹立在岸边，像是在眺望着很遥远的地方……

我看得有点儿发愣，脑海一片空白，脚也停止了运动，整个人呆呆地站在草丛中，阴暗的影子定定地投在嫩绿的野草上。

"影儿……"Shadow轻柔的声音惊醒了我。

她的声音中隐藏着某种怪异的变化，就犹如在黑夜中独自行走时的感觉，而她的心情也在逐渐吞噬着我的身体。

"嗯……我去问问他……"我深深吸了口气，清新而湿润的气流涌入胸腔，我封闭的大脑流畅了许多，恢复了思考的能力。

第一章 世界的另一个自己

Shadow 犹豫不定的表情在我脑海中反复浮现，最终她还是点了点头。

到底Shadow是怎么了？怎么会变得这么奇怪？难道说……他和前面那个少年有着什么千丝万缕的关系？可是我并不认识这个人，那Shadow她……

想来想去还是想不明白，最后我还是暂时放弃了思考这个复杂的问题，提起胆子一步一步地朝少年所在的地方走去。

也不知道是我脚步声太小，还是少年过于入神，我已经走到了他身后，他依旧毫无察觉，如山般屹立在岸边，身体像是被人点了穴一样，只有海边猛烈的风把蔚蓝的头发吹得有点儿乱。他如大海般蔚蓝的长发如瀑布般倾泻在腰间，在阳光的照耀下更显尊贵和高雅。

我胆怯地吐了吐舌头，体内的每根神经都绷得很紧，嘴中颤颤巍巍地发出微弱得似乎被风一吹就散的声音："那个……请问……"

"嗯？"少年听见了我颤抖的声音，略微转过头，疑惑地打量着他身后不知所措的我。

他……他也长得太"恐怖"了吧！他的相貌，简直让我那玻璃般的心遭到了严重的打击，连周围的空气也变得稀薄了。

神圣不可亵渎的眸子闪烁着浓浓的玩味，搭配着他精致得简直完美不可挑剔的俊美面容，以及那脖子上淡淡的像是一朵妖媚的花儿的胎记……

这细腻的肌肤，这仿若造物者悉心创造的五官，这美丽妖娆的胎记，让我站在他的身旁不禁自惭形秽。

他不过淡淡地看了我一眼，那骨子里的霸气却已压迫得我无法正常呼吸！我立刻把这人列为头号危险人物。

我的大脑立刻亮出一道红色预警信号，我慌忙地退后几步，发软的双脚没有站稳，跌倒在了被太阳晒得发烫的地面上。

"你还好吧？"少年澄澈的眼瞳中产生了诡异的波动，娇艳欲滴的胎记宛如花儿般绽放。

我紧张地摇了摇头，面对这骨灰级的无敌霹雳大帅哥，我还是非常害怕的……据说，越好看的男孩缺点就越多，性格也越古怪。

少年轻轻一笑，柔软的嘴角微微上扬，勾勒出一道邪气十足的弧度："我有这么可怕吗？我又不会吃了你……"说罢，少年很有绅士风度地缓缓走来。眼看着我与他的距离越来越小，我的心跳开始急促，呼吸也更加困难，整个人像是按下了暂停键，大脑完全无法思考。

我就这样呆愣地看着他。

谁知道少年突然莫名其妙地捂住肚子大笑了起来，此时的他少了几分压迫感，却多了几分让人厌恶的吊儿郎当，笑得连身体都在颤抖，根本不用说什么绅士风度了。

"哈哈……你目光呆滞的表情好搞笑，简直就像一只可怜巴巴的小狗……哈哈！"

少年的声音低沉有磁性，笑声也极其爽朗，如果不是说的话实在令人高兴不起来，他大概还是一个好少年。

但是刚刚看上去明明还这么温柔，不过一眨眼便像换了个人似的。神啊，难道他也有双重性格？

我果然还是倒霉的人，好不容易等来的竟然是个有毛病的"疯子"。

我心痛欲绝地转过身，不想再理睬这个疯子，直接把他的废话无视掉。谁知道，这个双重性格的少年却笑得更加猖狂："刚还没发现……你这浑身上下脏兮兮的造型，还真的很特别……"

"我……"我下意识看了看自己破烂的衣服，一股热流直往脸上冲，白皙的脸颊泛出了淡淡的红晕，烫得可以煎熟一只鸡蛋！

这有什么好笑的！没见过淑女落难吗？

Vol.4

拥有"双重性格"的少年指着我笑了很久，他虽然笑得很让人抓狂，但这笑容配上这脸蛋，还是非常赏心悦目的。眼角弯成了优美的月牙形，微微有点儿往上翘，澄澈得仿佛清泉般的眸子镶嵌在里面，好像一颗璀璨的钻石。

我的手早已攥起了拳头，身体发抖，单薄的影子在树影下孤独地呆立着。声音中承载着满满的委屈，混合着浓浓的鼻音："你刚才不是……很有绅士风度的吗？怎么一下子变成这样了？而且……而且我，我也不想这个样子的，我只是……"

"笨蛋，我刚才那叫投入角色，懂吗？"少年惋惜地叹了口气，用孺子不可教也的眼光从头到脚打量了我一番，我张口正想反驳，可给他早了一步，"我就知道你不懂……"在说话的同时，还配上了一个摸着下巴摇头的动作。

这个可恶的家伙！投入角色？那不就是演戏吗？果然是个大怪人，好好的演什么戏……害得我刚才还很不要脸地心跳加速。

他居然还在笑！这个性格糟糕得一塌糊涂的小子，他居然在海面上飞翔的海鸥面前明目张胆地嘲笑我，而且衣服破成这样也不是我的错啊，那都怪该死的风暴！可是，我好难受，在他的笑声中，我好不容易强装的坚强逐渐瓦解……

泛起涟漪的海面上倒映着我的模样，这时我才发现，我原本白皙光滑的皮肤上沾满了灰尘，变得灰头土脸的，像个小叫花子。

Shadow……我脑海中念着Shadow的名字，她毫无生气的脸慢慢浮现在我的大脑之中。

"嗯？"Shadow沙哑的声音掠过我的听觉神经，语气失去了以往的活力。难道是我的心情影响到了Shadow？不过也对哦，我和她本来就是一个整体啊……

我抬头看了看还在嬉笑着的少年，无声地叹着气，继续和Shadow用脑波谈话：我真的觉得自己很没用，Shadow，你来帮帮我吧，可以吗……

我刚想完这句话，还没有来得及反应，只觉脑袋有那么一阵子的晕眩，然后眼前的景物瞬间发生了变化。

嬉皮笑脸的少年以及一望无际的大海不复存在，反而出现了一间狭窄的小房间。小房间只能凭借着不知从哪里投射进来的光柱清除黑暗，潮湿的空气与皮肤碰触时，一种冰凉的滋味蔓延至全身，牢牢地包裹着体内流动的热血，不禁让我哆嗦个不停。除了我所站的地方外，小房间的四周都被冰凉的水包围着，寸步难行，我也只能无趣地站在原地。

这是哪里？我记得……我呼唤了Shadow。所以，我和她交换了位置吗？

这就是Shadow平时生活的地方？这么恶劣的环境，Shadow可真是厉害……原来平时我在豪华的别墅里嬉戏时，我可怜的影子Shadow是待在这里受苦的！我真的很对不起Shadow啊。

我怀着对Shadow的歉意，一低头，看见了映在水面上的景象……

第一章 世界的另一个自己

一个穿着和相貌跟我一模一样的少女，正与一位俊美的少年对立着。少年脖子上那淡淡的胎记妖娆艳丽，闪烁着令人敬畏的光泽，而少女右手紧握的银白色十字剑在阳光的照耀下也散发着冰冷而诡异的光泽。

银白色的十字剑？剑柄上还镶嵌着一颗极其珍贵的金绿猫眼宝石，宝石散发的光华似乎隐藏着无比强大的力量……

这不是月明祖先流传下来的那条十字剑手链……的放大版吗？天啊，世界上居然有如此稀奇古怪的事情发生！那么，这水面上的景象，也就是Shadow此时的处境吗？那个和我如出一辙的少女，就是坚强的Shadow！

那少年明显是适应不了"我"突然的变化，看着Shadow愣了大半天，嘴角抽搐地动了动，没有再发出让我抓狂的笑声。

"我警告你……不要再笑了！我是什么样子与你无关，根本不需要你理会。"Shadow右手轻轻一挥，十字剑锋利的剑刃在空中划出一道华丽冰冷的银色弧度，宛如黑夜中的弯月。

少年目光闪烁，澄澈的眸子中像是流动着一种怪异的情感，而这种不正常的表现，在他眨巴了一下眼睛后便消失了。

是我看错了吗？那个恶劣的少年，刚才似乎透露出了淡淡的惊喜，而惊喜中又夹带着疑惑，总而言之就是无数种感情复杂地混合在一起，我想只有他自己才能明白。

少年不以为意地笑了笑，恢复了一贯的吊儿郎当表情："浑身上下都脏兮兮的小姐，笑是我的自由，你管不着……而且，性格怪异的女孩，是没有男生喜欢的哦。"

Shadow淡漠地哼了一声，无视少年的揶揄，手中的十字剑握得更紧些，脸上没有一丝表情，这架势真像无情的女杀手……好酷！Shadow，你最棒了。

"我就爱管……别怪我的剑无情了！"

Shadow话音未落，人已挥剑奔向惊愕不已的少年。少年马上反应过来，身手敏捷地躲过了Shadow的剑。

我看着水面上放大版的情景，心都快要蹦出身体了，额头上已冒出了一层薄汗。

真的打起来了，两人不相上下，但少年只避不攻，而Shadow每一剑都来势汹汹，像是要把他置于死地。

Shadow趁少年一个不留神，剑刃从他手臂轻轻擦过。少年的袖子立刻割出了一道细长的口子，露出了细腻的皮肤。

"你居然……"

少年迷惑地看了Shadow一眼，眼中透着不可思议，他身体有点儿颤抖，但很快便又嬉笑起来，像是在自嘲一般。他自顾自地笑了一阵，转过身子背对着Shadow，目光落在了大海远处，沉默了一阵。良久，他似是漫不经心的声音飘了过来，带着微微的笑意。

"脏兮兮小姐，我先走了，后会有期吧。"说罢，他已经走入森林，消失在郁郁葱葱的树林之中。

他来这里是要做什么呢？啊……糟糕了！我居然不记得问他……

究竟哪里有小城镇啊？

浪费了这么多时间，我还是一无所获，甚至放走了一个离开这片森林的机会！老天也真是对我太"宠爱"了吧？故意要考验我的毅力。

第二章 状况百出的旅途

我追问:"那你接下来有什么打算?"

凉辰想了一下:"到处流浪,寻找失去的记忆吧。"

相聚总是快乐而短暂的,分离总是酸楚不舍,可人生却是不断相聚又分离的过程,每个人都有自己的归途。

Vol.1

"影儿,我们还是先换回来吧,我不太适应这里。" Shadow望着少年离开的身影,脸上并没有多余的表情,但眼中却依稀能辨出她的不舍。

我揉了揉眼睛,她那一抹不舍已经消失得无影无踪了,难道我的眼睛真的有毛病?

"好的。"

谁知道我话音刚落,从附近不远处的草丛里突然飞出来四个高大的男人,他们身穿白色武士服,蒙着面,只露出一双冷酷无情的眸子,目光所及之处似乎都能结出冰霜。

这些人全身都散发着让人恐惧的气息,那是死亡的味道。而很明显的,其中的三个人正在联手对付着中间那个一头茶色头发的白衣蒙面武士,双拳难敌四掌,茶色头发的白衣蒙面武士明显处于下风。

Shadow轻轻一跃,跳上了旁边一棵茂盛的大树,把身体藏在密密麻麻的树叶中间,透过叶子间的缝隙观察着那一群打得难分难解的蒙面人。

第二章 状况百出的旅途

"凉辰,你是想背叛我们吗?你应该知道背叛我们的后果……"其中一个蒙面人大声嚷道,遮着嘴巴的白布把他的声音扭曲得含混不清。

背叛?难道说他们正在窝里斗,自相残杀?

茶色头发的蒙面人,好像是叫凉辰的,他眉头微皱,不耐烦地哼哼着:"我根本不认识你们,你们一定是认错人了。"

"笑话。我们怎么会认错人?你和我们一起生活了整整十年,真搞不懂你这小子到底是怎么了……"

"我不认识你们,你们别缠着我。"凉辰细碎光滑的茶色头发随着海风舞动着,在半空中尤其耀眼,就像是一束刺眼的光。

又是一阵刀光剑影,四个人影在阳光下不停地变换着位置,速度快得令我目不暇接。慢慢地,地上的影子由四个转变成了八个,然后是十六个……越来越多,眼花缭乱。

我都快看晕了。我竟然看到刚才打得热火朝天的四个人,现在变成了三十六个人,而且每个人都穿着白色武士服、白布遮住了大半张脸。

我不敢相信地揉着眼睛,再次睁开,那三十六个人已经增加到了七十二个人,寂静的森林一下子热闹起来了。

"Shadow,是不是我眼睛出毛病了,怎么我看到了这么多人?不是只有四个人的吗?"我蹲坐在小房间仅剩的 小片陆地上,惊愕地数着水面景象中的人数。

"是分身术。"Shadow淡淡地说着,目不转睛地盯着那闪动的人影。不知道为什么,我总感觉Shadow自从遇见了那个嬉皮笑脸的少年后,就变了个人似的。

分身术?那不是电视上忍者们所用的招式吗?真的有这么神奇

的招数……世界那么大，我不知道的事情这么多，也不知道出来一趟该喜还是该哀。

"Shadow，不如我们去帮帮那个茶色头发的蒙面超人吧，他很可怜，这么多人对付他一个。"嘿嘿，凉辰也真的有点儿像超人啦，毕竟他一个打三个，还能坚持到现在，真不容易。

Shadow点了点头，目光依然落在那群打得你死我活的蒙面人身上，良久，找到机会，一个翻身，以完美的姿势降落到地面，箭一般往人群里冲去。

四个蒙面人都被突然出现的Shadow吓得停止了动作，但不一会儿又陷入了混战，那神秘的十字剑散发着让人心惊胆战的光辉，它就像是胜利的象征，似高高在上的女王。

不一会儿，三个蒙面人相互使了个眼色，不约而同地跳进了海里逃跑了。凉辰刚松了口气，却在下一秒昏倒在地，失去了知觉。

我和Shadow换回了角色，经过千万次跌跌撞撞，终于拖着晕厥过去的凉辰回到了今天一大早出发的小破庙。这所小破庙果真成了我的避难所了。可怜的我！

希望凉辰能告诉我到达附近小城镇的路线，我真的好想快点儿离开这片恐怖的森林。凉辰，你一定不能像上次那个恶劣少年一样跑掉啊……

天色已经不早，皎洁的月亮爬上了树梢，偶尔几只大鸟从月亮前面飞过，留下了一片凄凉。风把小破庙那关不上的木制窗户吹得啪啪作响，外面的树木像是哭泣般地发出"呜呜"的响声，再加上鹧鸪哀怨的鸣叫声，听得人毛骨悚然。

我早已把昏迷了很长一段时间的凉辰拖到了小角落，自己一

第二章 状况百出的旅途

人蜷缩着身体守在他旁边。

也许是累了一整天,Shadow一直一声不响,大概是睡着了吧,今天真是辛苦她了。不过影子也会睡觉吗?对此,我感到万分疑惑。糊里糊涂地斟酌着这个问题,悬在半空中的心也稍微平复了些。

这就是所谓的转移注意力吧。

凉辰的相貌更能转移我的注意力了,在这块如雪般洁白的布下面,究竟藏着一张怎样的脸呢?

我颤颤巍巍地伸出了手,又赶紧缩回来,这样纠结了好几次后,最后还是忍不住了。

我无奈地对自己的好奇心叹了口气,蹑手蹑脚地凑到凉辰跟前,像是只偷腥的小猫咪一般四处张望了下,嘴角微微扬起,露出了个恶作剧味道十足的笑容。

我伸出手指,想把遮盖在凉辰脸上的白布扯下,肌肤与肌肤相碰之间,他脸颊微微的温热传到我的手指上,我立刻如触电一般缩回了手,心跳得异常急促,像是住进了一头淘气的小鹿。

与此同时,那块白布毫无征兆地从凉辰的脸上滑落下来,他那一张俊俏的脸彻底暴露在了清冷的月光下,散发着迷离淡雅的气质。

细碎光滑的及肩茶色头发下是一张俊美得难以形容的脸,坚毅的面部轮廓在温和的月光下渐渐柔和,卷翘的眼睫毛如羽扇般细微地抖动着,仿佛蝴蝶翩翩起舞的翅膀,在眼睑处投下了一片阴影,泛白的淡红色嘴唇好比盛开着的月季。

这简直就是比女人还要好看的男人……他大概也就十八岁的样子,但从刚毅的面容上判断,却像极了饱经风霜、稳重沉着的男人。

他该不会也像中午遇到的那个吊儿郎当的少年一样恶劣吧？不过好歹是本小姐亲自把他拉到这里来的，他总应该懂得知恩图报啊，虽然和他一起打败三个蒙面人的是Shadow。

"嗯……"

昏迷许久的人突然有了动静。

我双眼冒光，激动地握住了凉辰微凉的手，喜出望外地叫道："凉辰……凉辰你醒了吗？感觉怎么样？还好吧？"

也许是被我的大嗓门吵到了，凉辰不满地皱着眉头，淡红色的双唇微抿着，干净饱满的额头上渗出了薄汗，晶莹的汗珠在白色的月光下闪耀着光泽，他惨白的脸上依然毫无血色。

"谁……"

他的声音有点儿沙哑，隐约有种淡淡的疏离感。

我顿了顿，察觉到自己过于紧张了，尴尬地笑了笑，搔着后脑勺儿，说："凉辰，对不起，吵到你了……我叫月影儿。"

凉辰缓缓睁开眼睛，露出一双如宝石般璀璨而神秘的琥珀色眼眸。他的目光冷淡，像是蒙上了一层冰霜，带着让人哆嗦的超低温度。

"你是谁？我们认识？" 凉辰不明所以地打量着衣衫褴褛的我，他灼热的目光让我很不好意思地红了脸，脸上有点儿烫。

我别过头不去看那张迷人俊美、让我感到窒息的脸，轻轻咳嗽了几声让活蹦乱跳的心平静了些。

"呃……应该算是认识吧，刚才你被三个蒙面人追杀，是……"

第二章 状况百出的旅途

我还没有说完就被他打断了，他富有磁性的声音如流水般流淌进我的耳朵。

"是你救了我吗？谢了……但是，你知道我是谁吗？我记不起自己的名字了，我究竟是谁呢？"凉辰琥珀色的双眸流动着让人怜惜的光泽，他的脸映着月色，此时竟透着少许孩童般的懵懂，一改刚刚冷峻的模样。实在是……太可爱了！

"凉辰，你的名字叫作凉辰！我听到蒙面人是这样叫你的。"

凉辰自顾自沉思的表情非常可爱，眉头轻轻拧起，目光中一片迷茫，明明什么都想不起来，却很努力地在思考。要不是碍于我们还不熟悉，我绝对会冲上去捏他的脸颊。手感肯定很柔软吧，嘿嘿。

凉辰更加疑惑了，但他还是似懂非懂地点点头，然后伸出白皙修长的手，温柔地把我拉到了他的身边，虽然他脸上没有多余的表情，但我能从他指间的温度判断出他大概是一个外冷内热的少年。

"你之前的那把剑可以给我再看一下吗？我觉得好像在哪里见到过……"凉辰的声音很轻，就像是柔软的棉絮一般，酥酥麻麻的……

剑？他该不会是说月明祖先留传下来的那一条手链上的十字剑吧？可是，我到底怎样给他看啊……那把十字剑，在我和Shadow换回角色的时候就变回普通手链了。

凉辰见我迟迟不答应，眨巴了一下好看的双眸，歪了歪脑袋，问道："不行吗？"他温和的声音似乎有着某种魔法，让我的手不由自主地掏出手链，乖乖地递了上去。

"谢谢。"

凉辰接过手链，与此同时，手链居然像上次一样散发出了光芒，不同的是这次散发出的光是淡淡的紫色光辉，带着悲伤的气息，在空气中闪烁不定。

凉辰仔细地看着发光的十字剑手链，嘴中不停地呢喃道："居然有种很熟悉的感觉，好像见过，但是究竟什么时候见过，在哪里见过呢……"

"你真的见过这条手链？"看他全神贯注的样子也不像是骗我，而且手链和他产生了共鸣，如果他真的见过这条手链，说不定他就是我找到神秘人后代的关键人物了……

可是这样的他居然患上了失忆症！有没有搞错啊，老天爷怎么这样对我？那好吧，我现在的首要任务就是……

当当当！医治好凉辰失忆的毛病！

哈哈，看我月影儿霹雳无敌大变身，变成超级厉害的医生啦！

我看了看正低头研究十字剑手链的凉辰，他琥珀色的双眸闪烁着奇异的光泽，粉色的嫩唇在月光的照射下尤其诱人，就像是嫩滑的果冻在上下颤动……他整个人就这样被柔和的月光包裹着，浑身散发着鬼魅般的气息。

凉辰，你就乖乖接招吧……

我来也！

Vol.2

这几天我都在忙碌中度过，每天忙着回忆以前听说的关于治疗失忆症的方法，虽然不知道凉辰失忆的原因，但我可以肯定的是，我已经把他看成是我的救星，让我顺利回家的最关键人物啦！

与凉辰相处的这些天，我和他的关系也从陌生的救命恩人摇身一变成为唯一的好朋友，"唯一"这个词好像有点儿太严重了，但

第二章 状况百出的旅途

这可是凉辰自己亲口说的,我没有强迫他哦。

凉辰这个人真的是外冷内热的最佳典范,他平时像是面瘫了一般,脸上不挂一丝表情,连声音也是冷冰冰的,还带着点儿僵硬,可他其实非常细心体贴。

譬如有次当我醒来,发现凉辰坐在我的旁边,借他的肩膀给我睡了一个晚上,而且一直保持着让我舒服的姿势。

除此之外,在树林里采摘果子、捕猎野兔山雀的任务也是凉辰承包了,幸亏有凉辰在,我才不至于饿死。

不过我并不会对他手软,在必要时刻,我会为了让他尽快恢复记忆而采用高压手段,就比如现在……

我小心翼翼地躲在小破庙一个万年不见光的小角落,手握着一根木棒,眼睛着急地朝外面望去,等待着凉辰采集野果归来。

可恶的凉辰,采几个野果也去了大半天,先不说这会儿让我的肚子大声抗议,最重要的是让我等了这么久……哎哟喂!我的脚都要发麻咯!他居然忍心让他唯一的朋友等这么久。

就在我暗自责备着凉辰时,一个修长的黑影出现在了小破庙的门口,阳光把影子拉得很长,在粗糙的地面上投下了一片阴影。

清爽的风从森林吹了进来,凉辰独特的香草气息顿时弥漫在空气之中,这让我更加肯定这就是凉辰。

好小子,你终于回来了,让我好等……

"影儿,我回来了……"凉辰拖着略带疲倦的身体,从森林外走入小破庙,狭小的庙里没有平日回应他的熟悉的声音。在踏入门口的那一刻,他大约已经察觉到一丝不对劲,一凝神,感觉有什么东西来势汹汹地正向他冲来。

凉辰一个闪身，稳稳地躲过了我"偷袭"的木棒，一伸手，扼住了我的喉咙。

他怀中的果子掉落一地。

我差点儿被他掐断气，双脚腾空，痛苦地挣扎着，好在他在发现是我以后，及时收住了力度，我的脸都已经憋红了。

"影儿……你这是……"凉辰赶紧收了手，眉头紧蹙，过来轻抚我的背顺气，"你没事吧？"

"咳咳咳……"我大口大口地呼吸，才好不容易缓过气来，但喉咙处还是有些痛，"怎么……可能没事！"

凉辰抿紧了双唇，茶色的碎发有点儿凌乱，脸上写满了不悦："你知不知道你这样做很危险？要是我没收住，你已经是一具尸体了！"

"我……"我一心只想着恢复凉辰的记忆，并没想这么多，电视剧里面许多失忆的主角都是靠突然的头部撞击恢复记忆的，"我只是希望能帮你恢复记忆。"

凉辰无奈地叹了口气，一双眼眸深邃无底，暗涌着莫名的情绪："比起我恢复记忆，我更希望你性命无虞，你要多考虑自己。"

但，帮你其实也是在帮我自己啊。

我正要开口，凉辰突然打断了我，脸色有些沉重："影儿，我刚才采集野果的时候看到了许多血迹。"

"血……血迹？"我惊诧地瞪大了眼睛，赶紧凑到凉辰身边，仔细检查了一番，并没有什么外伤，"凉辰，你有没有受伤？"

凉辰被我看得都有些不好意思了，后退了一步："影儿……"

我这才想起男女授受不亲，尴尬地摸了摸后脑勺儿："哈哈，抱歉。"

凉辰对我做事不经大脑已经习以为常了，只是依旧十分无奈。

他蹲下身，捡起散落在地上的果子。

"暂时没有发现可疑人物，但我担心是上次那帮追杀我的蒙面人，"凉辰攥紧了拳头，竖起了全身的利刺，眼神中寒芒毕露，"此地不宜久留。"

凉辰大概是个面瘫，认识他这段时间以来，我好像从来没有见到他展露过一丝笑颜，他总是板着一张脸，眉头紧锁，绷紧神经，好像时刻都在准备着战斗。

不知道凉辰笑起来是怎么样的呢？一定很好看吧，毕竟他就算不笑也已经够倾国倾城的了。

"要离开了吗？"

虽然我嘴上总嚷嚷着要快些找到神秘人的后代，离开这个鬼地方，但和凉辰一起生活的日子已算是相当闲适、无忧无虑了。离开了这座小破庙，未来的路到底会怎样，不得而知……

没准，会比现在更加艰难。

一想到更悲惨的未来，我的鸵鸟心理又产生了。

凉辰点了点头："是的。"

凉辰捡起一个新鲜的果子，擦干净后，递到我面前。我毫不客气地接过，咬了一口，嗯……鲜甜多汁。这座森林里，有很多我以前从来没有见过的新奇果子。

"影儿。"凉辰轻轻地唤了我一声。

我抬起头，便看见他欲言又止的俊颜。他犹豫了一阵，花瓣一般的双唇微微颤动："谢谢你在我疗伤期间的照顾，我知道你有任务在身，我也很想陪着你，陪你把事情都办妥，但是……"

"你是要和我告别吗?"

我的心底滑过一丝失落,而这种失落悄无声息地蔓延至我的全身,感觉整个人都忧伤了起来。

也许是因为凉辰是我在这个陌生小岛上认识的第一个朋友吧(Shadow就是我自己,忽略不计),所以对他,我总有种亲切熟悉的感觉,就像是对亲人一样依赖。

果然,凉辰摸了摸我的头,语气不自觉地变得轻柔了起来,神情也缓和了下来:"嗯。我还在被追杀,跟我在一起,太危险了。敌人在暗,我们在明,而且我什么都记不得了……我不想你跟着我冒险。"

我抿了抿唇,追问道:"那你接下来有什么打算?"

凉辰想了一下:"到处流浪,寻找失去的记忆吧。"

相聚总是快乐而短暂的,分离总是酸楚不舍,可人生却是不断相聚又分离的过程,每个人都有自己的归途。

凉辰去意已决,我知道自己留不住他,只能鼓起勇气,目光坚定地看着他:"凉辰,你要加油哦!"

凉辰眸光微动。

下一秒,他突然一把将我搂在了怀里,紧紧地拥抱着我。

他个子比我要高许多,我根本看不到他此时此刻的表情,只听见头顶传来他沉稳温柔的声音:"影儿,你也是。"

"我们还会再见面吗?"

在这片陌生的土地,前路是如此迷茫。

但凉辰却斩钉截铁地说:"当然。"

我们都不知道未来会发生什么,会遇到什么人什么事,但我选择相信他的话。如果没有一点儿信仰,未来实在令人太绝望了。

第二章 状况百出的旅途

寻找神秘人后代的旅途还在进行中,既然我无法医治好凉辰的失忆症,我就只能从别的地方突破了!

凉辰离开时,我还在睡觉。等我醒来,他已经离开了,只在我的身旁留下了一堆果子和一行字……

"需要我时,请呼唤我的名字,我会出现的。"

字是用浆果的汁液写在地上的,汁液还未干透,凉辰大概才离开没多久。

他也是狠心,离开也不当面跟我说一声。但当面和他告别,我大概会难过得哭出声来吧。

现在这样,大概是最好的告别了。

之后的日子里,无论多难熬,只要想起凉辰留下的这句话,心里就会荡漾起一丝甜蜜,好像他就在我的身旁不曾离开,人生瞬间又有了盼头。

但我始终不敢真的呼唤他的名字。

我怕他最终没有出现,我怕梦会醒,我怕连最后的希望都破灭。

不知道是不是和凉辰相处了一段时间,沾上了他的福气,我吃过凉辰留下的果子,填饱了肚子离开小破庙决心重新踏上旅途时,竟然在地上发现了一些像是印记的图案。

沿着图案一直走,我发现了一条离开森林的捷径!

捷径自然不好走。大约也没什么人走过,地上长满了杂草,走着走着还会旁伸出几根树枝,一个不留神就会划伤。

我的身上被划破了几道伤口,但总体而言,还是一段性价比高的经历。毕竟我终于顺利离开了那片大得可怕的诡异森林！而且……

视野一下子变得开阔，眼前的景物豁然开朗。

一幢幢华丽的哥特式建筑平地而起，沉重的钟声从高耸挺拔的钟塔上传出，"咚咚咚……"

一扇新世界的大门缓缓敞开。

我好不容易才压制住内心的狂喜，激动地捂着嘴，一个劲地对Shadow说："Shadow，是城镇！我们终于抵达城镇了！天啊，我都不敢相信会这么顺利。"

真是踏破铁鞋无觅处，得来全不费功夫！

夕阳的余晖洒落在大地上，此时已经是傍晚，街道上车水马龙，熙熙攘攘，好不热闹。

我怀着激动又好奇的心情走在繁华的街道上，欧式风格独特而美丽的建筑物，让人仿佛徜徉在建筑艺术的博物馆。城镇中央最高的钟塔似乎是权威的象征，高高在上地俯视着大地上渺小的一切。

"好繁荣的地方啊……"我不禁发自内心地感叹，目不暇接地欣赏着道路两旁独具异域风情的建筑，似乎目之所及、足之所至皆可入画。

没有想到这座不知名的小岛上竟然居住着这么多人，矗立着这么多雄伟的建筑，让人感觉仿佛坐上了时光穿梭机，一下子回到了十一世纪欧洲的鼎盛时期。

我正看得入迷，身后却突然传来一阵骚乱……

"前面的小姐请留步，你的衣着完全不符合规格！请你……停下来！"

有人衣着不符合规格？这个城镇上还要规定着装吗？但明明路

第二章 状况百出的旅途

上什么穿着的人都有。

我边思索着,边继续往前走。

身后的骚动越来越近:"小姐,麻烦你停下来。"

我猛然发现身边的路人都用怪异的目光打量着我,他们的目光中似乎带着同情和无奈。人群恐惧症如我,实在不知道该如何应付众人莫名其妙的注视,赶紧低下头,恨不得找个地方躲起来。

这一低头,不得了了。

烂成了破布似的裙子,洗得破了个洞的袜子,踩了一鞋底泥的鞋子……和衣着华美鲜艳的路人一对比,我就好像一个游手好闲的乞丐。

所以,后面那人所叫的难道是——我?

我难以置信地回头望去,果然,身后一位少年正朝我小跑过来。少年身穿一身笔挺的红色长军衣,纯银排扣一直扣到下颌,领口露出白色蕾丝领巾,头戴一顶华丽的欧式黑熊皮帽。

"小姐,感谢你的配合。"

不多久,这位穿着军装的少年跑到了我的面前,气喘吁吁地看着我。少年比我高出很多,我必须仰着头去看他。

"那个,我……"

我试图解释我这身穿着的原因,但少年却一把握住了我的手腕,正儿八经地板着脸说道:"很抱歉,小姐,由于你的衣着影响了街道的环境,有损市容,我们现在要正式逮捕你,麻烦你继续配合我们。"

少年带着犹如王者般高高在上的语气,手上的力度稍稍加重,我根本无法动弹,只能站在原地一脸惶恐地看着他。

我的大脑陷入一片空白,一时竟说不出一句辩解的话来。只见少年轻轻一摆手,他身后跟来的两名士兵已将我架了起来,一人扣着我的一只手,将我拖离了梦境般的街道。

我的大脑终于慢慢恢复了正常运作。我抗议地挣扎起来,发出如杀鸡般的惨叫声:"放开我!我没有罪!我也不想穿成这样的啊……"

惊天动地的惨叫声冲破了街道的安静,路人纷纷捂着耳朵,像是见了鬼一样逃得一干二净,原本繁华的街道上顿时空无一人,只剩下地上几片黄叶被余风卷起,翻滚了一下,又静静地躺在了棕色的水泥地上……

就没有人怜悯我这个无家可归的可怜孩子吗?

今年一定是我人生中最倒霉的一年!我好想回家,好想回到我幸福美妙的别墅……

Vol.3

昏暗的密室,从小窗户照射进来的光线成为这里唯一的希望,就像是神的眷顾。

到处都能听到老鼠发出的细微的响声,那刺耳的声音真叫人心寒。四面八方都是钢棒做的粗柱子,把密室隔成了好几个小地盘,每个小地盘分别安置着一名所谓的"犯人"。

我很荣幸地加入了监牢这个大家庭,成为"犯人"中的一分子。

被安置在我隔壁的,是一位善于与人交流,似乎有说不完的话的中年女人,据说她就是因为自己的这种特殊"才华"而被囚禁在这里的。

我刚被士兵押送进来时,这位中年女人就开始了她的碎碎念,

第二章 状况百出的旅途

不停地在我耳边唠叨，让我有点儿怀念莱尔女士了。难以想象如果这位中年女人和莱尔女士相遇，会是怎样的一个情景呢？会不会相见恨晚？

"你知道吗？那边的男人是由于想要自杀而被关进来的，天啊……这都是什么社会，人家想死也不让他死……"她的话就像子弹雨一般冲着我的耳朵进行攻击，她居然一口气说一大堆话都不会脸红气喘，真佩服她。

"咦——你手腕上戴着的手链怎么这么眼熟？"她见我没有应答，便转移了话题，把目光锁定在我的十字剑手链上。

"呃……"

中年女人闪光似的眼睛正全神贯注地盯着我手腕上戴着的手链，样子像极了如饥似渴的狼遇上了猎物。我胆怯地咽了咽口水，尴尬地扯了扯嘴角，手忙脚乱地退后了一些，与她拉开了一段距离，还不忘把手链藏在身后。

她该不会是想让我把手链给她仔细看一下，然后顺走了吧……虽然她不像这种人，不过防人之心不可无。更何况这条十字剑手链关系到我能否顺利找到神秘人后代，影响着我下半辈子的命运啊！

中年女人对于我的害怕很不满意，她紧皱着眉头把目光向上移至我惊慌失措的脸上，无奈地叹着气，头也很配合地摇动着："你这个丫头真不讨人喜欢，我只是想告诉你，这种样式的手链我在很多地方都看见过，不过呢……"中年女人一直注意着我的脸色，发现我露出了好奇的神情便神秘一笑，没有再继续下去。

"不过什么？"我禁不住问出了口。

"你不是不相信我吗？"

中年女人转过身子背对着我，不满地反问。她的背影在我看来，有些落寞。是不是因为她说的话，总得不到别人的信任，才导致她唠叨呢？

我低声细语地劝说她："拜托你告诉我吧，我很想知道哦，我发誓你说什么我都会相信的！真的！"

"那好吧……"

她扭过头冲我狡黠一笑，洁白的牙齿露出一抹耀眼的光泽，我不由得又提高了警惕。

她说："这十字剑是没有什么特别，但重点是上面镶嵌着的金绿猫眼宝石……斯里兰卡的特拉纳布拉和高尔等地是最富产金绿猫眼宝石的地方，而那些地方都离这里很遥远，因此理所当然的，在这个岛屿上的金绿猫眼宝石少之又少，而且大多数的宝石都集中在权力高的人手中。"中年女人说得头头是道，连她自己也满意地点着头，脸上挂着灿烂如阳光的笑容。

我听得津津有味，原来这个絮叨个不停的女人如此知识渊博。我肃然起敬，果真每个人都有自己的长处和优点。

"那就是说拥有这种宝石的人，都是高高在上的人？哪里会遇到这类人呢？"

"我们现在就在城堡的监牢里面啊，你难道不知道吗？城堡里不就有很多权贵吗？你真是莫名其妙啊……"

啊？我现在在城堡里面？为什么我竟然一点儿都不知道……难道这就是命运的牵引？在不知不觉中把我带进另一个不知名的世界，这就是我的命运吗？

我没有再去理会中年女人，只是自顾自地侧着身子躺在床上休息。

小窗的阳光洒在我柔软的身体上，温暖舒服的感觉蔓延至全身，惬意极了。就在我昏昏欲睡时，一张薄薄的纸片从破烂的衣服中掉了出来，飘落在散有稻草的地面上，纯白色的表面有着轻微的折纹，上面用清秀的字迹清晰地写着一行字——致我身负重任的后代。

这不是莱尔女士在生日派对上交给我的信吗？可是我明明遇上风暴掉进水里了啊，这封信不仅没有湿透，而且好端端地待在我的衣服里？真是不可思议……

我捡起落在地上的信，满脸好奇地展开了那张隐藏重大秘密的纸片，仔细地浏览着月明祖先交付给我的任务。

致我身负重任的后代：

当你看到这封信时，就注定了你接下来后半辈子的命运。孩子，也许你已经得知自己的任务，就是寻找沙漠中我救下的神秘人的后代，也许你会彷徨，但是一定要坚强，相信自己是最棒的，那你一定能找到想要找的人。

孩子，在旅途中请不要害怕，只要你有着顽强不屈的意志，一切困难都会迎刃而解，那是你的命运，终归是躲不过的，请不要逃避，那只会伤害到自己。

其实家谱中关于神秘人的记载并不完整，那只是我初遇他时的内容，在那件事情发生的十年之后，我再次找到了他。我问他关于寻找他的后代的事，他并不想告诉我太多，只是说了句让我莫名其妙的话，然后又消失了。后来我仍在一直寻找他，但毫无音信。至今我仍然没弄明白神秘人留下的这句话的意思，也许当你踏上旅途，便会明白一切。

"当十字剑出现那刻，旅途便真正开始，命运连成一线，难舍难分。一切冥冥中自有安排,她将会遇上改变她一生的人,那既是缘,也是命。"

愿你能理解其中的含义,希望你在日后的旅途中能有所收获。前面的路还很长,人生的道路原本就崎岖不平,像我,辛苦了大半辈子才换来现在你们的安逸幸福,所以一定要努力。我相信作为我们月家最乖巧勇敢的你,一定能顺利完成寻找神秘人后代的任务的。

我会默默为你祝福。加油!

月明

那句话是什么意思?十字剑是指手链上的链坠吗?不过那到底意味着什么啊?是Shadow手上的十字剑?

我摸了摸头,似懂非懂,最终抱着一大堆问号进入梦乡。

第二天一大早我就被吵醒了,几个穿着整齐的士兵在我还睡眼蒙眬时,将我押送到一个小暗室,听他们说好像是礼仪部的部长要审问我,真要把我这副脆弱的骨头折腾坏了。

当我踏入小暗室的那一刻,原本漆黑无光的空间被一盏豪华的水晶大吊灯照得发亮,透着华丽的光芒,金碧辉煌。在门口的正对面,一张比双人床还大的办公桌安静地摆放在那里,而黑色的真皮办公椅背对着我,不知道是否坐着人。

我异常谨慎地靠近办公桌,带领我来到这里后,士兵都退了下去,现在我算是暂时的自由身,可以自由活动,想做什么就做什么。

感谢一下那礼仪部的部长,我待在监牢里早已经不知时日了,总对着冰冷的柱子和烦人的中年女人,真是无聊,现在终于能出来呼吸一下新鲜空气喽。

我深深地吸了一口气，只觉得空气中流动着某种似曾相识的气息，清新的空气让我封闭已久的脑海清醒了许多，郁闷的心情也渐渐烟消云散了。

就在这时，不远处的办公椅突然转动，外面吹进的风杂糅着淡淡的花香满溢整个小房间，水晶吊灯散发的光芒似乎凝聚在了坐在办公椅上的那人脸上，他的笑容比繁花还要烂漫。

熟悉的笑容，清脆的笑声，如瀑布般一泻千里的蔚蓝色长发，以及那神圣不可亵渎、闪烁着浓浓的玩味的眸子……

这不就是上次在海边遇到的少年？那个曾被我认为是双重性格的诡异人士。他怎么会在这里，而且坐在庄严的办公椅上……难道他就是礼仪部部长？那我要收回之前想感谢他的想法，像他这种恶劣的人，你感谢他，他还会反过来讥讽你一顿呢。

果然……

"欸？这不是上次那个热爱乞丐装的小姐吗？哟，你这次来该不会又想用剑刺我吧，我好怕怕哦。"

恶劣少年伸出修长的手指把玩着他那飘逸的蓝发，他脸上堆满了吊儿郎当的笑容，细腻的嘴角微微上翘，勾勒出一道迷人的弧度，整个人就像积聚了天地万物的光芒，闪耀得刺痛了我的眼睛。

眼前的少年虽然拥有让人羡慕不已的完美脸蛋，但是性格却非同一般地恶劣，损人完全不费吹灰之力。

"呃。其实我……"我站在原地不知所措地半天说不出一句话来。

"哦？既然你来到这里，也就证明了你仪表不雅观，影响了市容……唉，这年头，来这里的人真的越来越少了，盼了好几年，终于有事可干了……真该谢谢你，仪表不整的乞丐小姐。"言外之意是，现在像你这么邋遢的人可真是少之又少。

他……他居然这样说我，好歹我也出身名门，只不过因为遇上了风暴，所以才会……他也太瞧不起人了……

"影儿，你不要难过啦，不要介意他的话。"久违的声音在我的脑海中回旋，拥有这般动人甜蜜的声音的，只有Shadow。

我的心在下雨，心情再次郁闷，委屈和无助的感觉像挥之不散的烟雾把我牢牢地包围着，就像是路边被人抛弃的小狗那种无法用语言来表达的情感。再次听到Shadow的声音，积存在泪腺中的眼泪在眼眶打着滚，几欲夺眶而出。

"Shadow……"我轻轻呼唤着她的名字。

"影儿，现在我无法出来，这里没有水……"Shadow明显比先前精神多了，说起话来也活泼了许多，真让人怀念刚遇上她的时候……

"喂，你傻了？还是灵魂出窍了？知道跟别人谈话时分神是很没礼貌的吗？"前面的少年见我心思飘散，站在原地神游太虚，蹙着眉头，剑眉皱成了"八"字形。

"我……呜呜……"我正想要反驳他，眼泪却忽然像决堤了一般涌出眼眶，模糊了我的视线，我的心中似乎翻滚着苦涩的巨浪，委屈的呜咽声缓缓传出……

我不想哭的，就是控制不住。

少年显然被我突然而至的哭泣弄得不知如何是好，慌张地站了起来，手忙脚乱地走到我身前，俯下身子为我拭去脸上的泪水。

"拜托，你不要哭了，人家看见还以为我欺负你了，你不是很厉害吗，还用剑刺我，怎么就这样哭了……"少年的动作很轻柔，似乎是羽毛在亲吻着我的脸颊，稍稍抬眼，对上的是一双流露着歉意和关怀的眼眸，他脖子上那朵妖娆的淡红色"花儿"随之黯淡了下来。

就像是小时候被人呵护的感觉，这种熟悉而又陌生的滋味，居然在眼前这个恶劣的少年身上再次感受到了。眼泪像是滔滔不绝的长江水，我似乎是要把积存多年的泪水都哭出来，也许这样会舒服一点儿……

把眼泪一次用光，以后就会坚强起来，不再流泪了吧……

Vol.4

"维路希，你又在欺负女孩子了，真不知道你这种恶趣味什么时候才能改掉。"

一个女孩的声音从门外传来。随后，她的身影出现在门口，那人沐浴在白色的光辉之下，棕色的长卷发闪耀着动人的光芒。

为我擦眼泪的少年停了下来，挺起微微弯下的脊梁，脸上是一贯的嬉皮笑脸："嘻嘻，华朵啦公主大驾光临，不知有何贵干？"风吹起少年如海水般蔚蓝的长发，头发在半空中张牙舞爪，隐约中看到他脖子上的淡红色胎记精神抖擞地再次散发出顽皮的光泽。

公主？眼前这位少女便是这个王国里的公主？怪不得谈吐举止都如此高贵，原来是从小接受严格训练的公主。

"哦？我不能来这里吗？我是循着哭声找来的，就来看看你又欺负谁了……"少女上前一步，优雅的举止彰显着她高贵典雅的气质，水晶吊灯璀璨的光芒照射在她的脸上，眉眼弯弯如月钩。

棕色的长卷发如同大海上汹涌的波浪，尖尖的鹅蛋脸光滑洁净得犹如剥壳的鸡蛋，浓密的睫毛仿佛两把羽扇，透着光泽的大眼睛好似晶莹的琉璃球,脸上挂着魅惑人心的笑容……

这就是眼前洋溢着温暖笑容的少女的美丽容貌,她穿着一条个性张扬的灰白条纹交错的蕾丝裙,白皙修长的双腿暴露在空气中,她模特般的身材即使穿上怎样的衣服都是那么好看。

"原来是我的办公打扰到了公主殿下啊,真是抱歉,我替这个哭泣中的女孩向您道歉。"这位恶劣的少年好像是叫维路希吧,现在的他正笑意盎然地看着我,神圣不可亵渎的眸子弥漫着浓浓的玩味,之前那个轻轻为我拭泪的少年仿佛不复存在,那一种被呵护的感觉消散得无声无息。

维路希究竟是何方神圣?他的举动如此怪异,而且Shadow和他之间似乎隐藏着某些不为人知的秘密。

"哼……"少女高傲地仰起头,无视维路希的嬉皮笑脸,转过身子看着我,琉璃球般的双眸中流露着喜悦,她欣然地笑着,"很高兴见到你,我是华朵啦,多多指教。"

她笑的时候嘴角微微上扬,甜美可爱,活像真人版的SD(球型关节可动人偶)娃娃。

我傻傻地朝她回笑,脸上的泪痕犹在,笑得大概很丑:"我是月影儿。"

"原来叫月影儿……"凉飕飕的风把维路希的呢喃传入了我的耳朵里,他的声音有点儿沙哑,不过非常悦耳。

"我们现在就算是朋友啦,那么为了不让维路希再欺负你,嗯,我决定——让你留在我的身边。"华朵啦友善地搭着我的肩,瞟了瞟陷入了沉思的维路希,爽朗的笑声在我耳际回荡,久久不散。

华朵啦公主,她到底想要做什么呢?

我疑惑地看了看昂首挺胸、脸上堆满自信笑容的华朵啦，又扭过头把不解的目光落在维路希挂着无所谓表情的脸上，脑海里又产生了无数个问号。我要疯掉了！怎么每天都有数不尽的问号向我砸来？Shadow，不如以后我们就把身体交换算了，我来做影子吧……

"我才不要！" Shadow嫌弃的表情出现在我的脑海中，想也不想地回答出了让我失望透顶的话……

皎洁的圆月早早地爬上了树梢，落叶纷纷扬扬地落在湖面上，水面泛起了层层叠叠的涟漪，波澜在不断扩散开来，然后又恢复平静，只有月亮的倒影一成不变地像是碧玉一般沉睡在湖底。

湖畔的小亭子里，我和华朵啦换上了暖和的衣服，坐在凉席上边赏月边谈心。风带来一阵芬芳，湿润的水汽笼罩在花园的上空，仔细地听，还能听见远方高塔上的钟声。

华朵啦跟我说起关于这个小岛上的事情。

从她好听的嗓音中，我知道了这个小岛被人们唤作涟漪岛，是太平洋中一个不为人知的小岛屿，一直与外世隔绝。据说来到这里的人大多数都无法离开，只因为在很久以前，这里最有名的大祭司曾为岛屿设下了结界，但凡想离开这儿的人，都必须留下一件最宝贵的东西，要不然就会迷失在茫茫大海之中，然而，那些希望离开的人却都不想要留下什么，有的甚至并不知道对自己而言最宝贵的是什么，于是最后都消失在了大海中，没有任何消息。

涟漪国奉行一夫一妻制，而且每对夫妇最多只允许生两个小孩儿，就算是至高无上的国王也不例外。因此，华朵啦是涟漪国唯一的公主，她有一个双胞胎哥哥，叫华伊澈，从她的描述中可以判断出华伊澈是一个超级大怪人……

"我哥哥华伊澈行踪飘忽,想要他在城堡里好好待上几天简直比登天还难,他还有一个怪癖,就是热衷扮演不同角色的人,他曾经扮成厨师混入厨房体验生活,结果把人家的锅都砸坏了。还有一次他去扮小偷,结果被人抓到监牢……所以我现在处事待人都特别小心,就是害怕华伊澈扮演了其他人来要我。"

华朵啦愤愤不平地说着,激动得脸蛋都涨红了,十分讨人喜爱,让我的手都痒痒的,想捏一把她的小脸。

我望着天上冷清清的月亮,默默地叹了口气,树叶似乎又落下了几片。华朵啦扭头凝视着我,良久才问道:"影儿,你怎么了?不开心吗?"

我黯然神伤地摇摇头,把果盘里的一颗葡萄扔进口中,酸甜的果汁充斥着我的味觉。

我叹了口气:"我只是有点儿想家了,也不知道什么时候才能离开……我最宝贵的东西,都在家里没有带过来啊,那我岂不是永远也走不了?"

"也许你会在这里找到其他宝贵的东西啊,别灰心。对啦,外面的世界什么样?跟这里是不是很不一样?"华朵啦眨巴着晶莹如琉璃球的眼睛,温馨的笑容挂在甜美的脸上,她似乎总是这么开心,无忧无虑。

外面的世界啊……

我回想了一下,认真回答:"其实我也很少出门,对我来说,世界就是我家附近那一点儿地方,但是,我能从很多渠道了解到世界……这个世界非常大,也很漂亮,但涟漪岛也有涟漪岛的美。"

"比如呢?"华朵啦好奇地托腮。

第二章 状况百出的旅途

"比如没有被开垦的森林，那里有很多我从未见过的野果，很好吃。比如涟漪国的街道，欧洲复古风格的建筑，也很美……"

说到野果，不知道那个曾经为我摘下许多野果的少年，现在怎么样呢？

凉辰和我关系好，是因为我救过他，但华朵啦，堂堂一位公主，为什么对我这个衣着破烂的外来人这么好呢？

想到这个问题，我忍不住脱口而出："朵啦，为什么你会留我在身边？"

"这个啊……其实要说原因，也是有的。第一，我想从你身上了解更多关于外面世界的东西。第二，我想借此机会气气维路希，他这人性格太恶劣了，没一句好听的话，所以他欺负谁，我就保护谁。"说起维路希，公主美丽的眸子中立刻燃起了熊熊烈火，手也不由自主地握成了拳头……

原来维路希对每个人都这样，他简直是我们女生的公敌，应遭万人鄙视的人物，以为自己颜值高就很了不起吗？人最重要的是后天修养！

第三章 轰轰烈烈的选『美』

微弱的掌声响起,只见华朵啦站了起来,率先为我鼓起了掌。

她说:"我认为,每一位参赛人员的勇气都值得被尊重。"

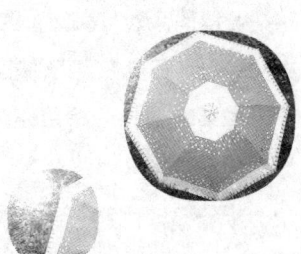

Vol.1

偌大的城堡里，女仆和侍卫们忙得不可开交，到处都是他们忙碌的身影。

似乎最近城堡的人分外忙碌，明明这么疲惫，但每个人的脸上都还挂着幸福得快要上天的笑容，洁白的牙齿在阳光下闪闪发亮，比华丽的水晶大吊灯还要光亮。

自从被华朵啦收留，我就被安排在了离她很近的一个房间里。华朵啦特地命人将房间布置了一番，还问了我的意见，最后布置出来的房间，跟我在家的卧室竟有七八分相似。

华朵啦说："希望你在我们涟漪国，也能像在自己家一样开心。"

华朵啦是一个很贴心的朋友，但有时候不知道是不是身份的原因，比较坚持原则。

就像今天，华朵啦兴致勃勃地丢下我去了梦幻般的蒲公英田，据说她所在的贵族学院爱尔加特学院在那里组织了活动，昨晚我请求华朵啦带我去，但她说学校规定不能带校外的人，拒绝了我。

好无聊。

第三章 轰轰烈烈的选"美"

我一个人孤零零地坐在窗前,双手托着下巴,注视着那些忙碌的人,昏昏欲睡。

华朵啦之前就去过蒲公英田,据她所说,那是一片雪白的世界,放眼望去遍地的蒲公英与蔚蓝的天空连成一线。风轻轻拂过,蒲公英如棉絮般在空中飘舞,旋转着飘向远方。

如果有机会,我也好想去那里逛逛,见识见识那片让人仿佛置身于梦境中的蒲公英田。

我飘飘然地幻想着眼前便是一大片轻盈的蒲公英,脑海里浮现出一幕幕唯美真切的景象,竟真和朵啦所说的情景完全重合,就好像我真的见到过一样。

我的身体慢慢有些不受控制,脚就像自己会动一般摆脱我的思维,走出了房间,绕过清澈见底的小湖,离开了栽种着各种华美鲜艳花朵的小院,来到了一个被黄色的野蔷薇包围着的地方。

那含苞欲放淡黄色高雅纯洁的野蔷薇在阳光的衬托下有种说不出的娇嫩,像是婴儿嫩滑的肌肤。我懵懂地四处张望,只觉得脑海一片空白。

当目光触及蔷薇丛中一间简陋的小木屋时,脑子终于清醒过来,才想起自己刚才情不自禁地走了出来,而且来到了这个陌生的地方。我想我现在是再次迷路了!糊里糊涂地迷路了!

阳光从绿得可爱的树叶间洒落在屋顶棕褐色的油漆上,闪烁着带有田园气息的光辉,隐约中还能看见一层薄薄的灰尘。

为什么城堡中会有这么一处地方?

我小心翼翼地推开屋子的木门,从缝隙中探进半个身子,试探着小声说道:"请问里面有人吗?我迷路了……"

里面好一阵子都没有任何声响,我怀着好奇心踏入了小木屋,脑海中倏地浮现出一幕幸福的景象……

在小巧玲珑的小木屋内，一对欢快的人儿在相互追逐，笑声满溢整个温馨的木屋，屋外的野蔷薇随风摇曳，仿佛在祝福这对美好的人儿……

这是怎么回事？我记忆中明明就没有这个景象，但脑海却出现了这一幕，到底是怎么一回事？而且……总觉得这里的一切都有着熟悉的感觉，有着一种如蜂蜜般缠绵不断的甜蜜。

"Shadow，你知道这里是哪儿吗？"我迷惑地唤着身体内的Shadow，脑海中出现了一张与我一模一样的脸，她正迷茫而回味无穷地遥望远方，像是在全神贯注地注视着什么，当听到我的呼唤，神情一怔，却不作声。

Shadow真的很奇怪，总觉得她和我并不是同一个人，可又没有证据否认，毕竟我们长了一样的脸。

阳光透过玻璃窗照亮了小木屋，中央摆放着一张一尘不染的檀木方桌，可见经常有人来打扫。我缓缓伸出白皙的手指抚摸冰凉的桌面，感受它带给我的熟悉感，似曾相识却又像是不曾相识的矛盾感觉。

门外不知什么时候出现了个颀长的身影，遮蔽了外面的野蔷薇，身后的阳光成为他的背景，他就像是备受瞩目的太阳般闪耀，他的影子被拉得很长，投在了我的脸上。

"乞丐小姐，我们又见面了。不过，你怎么会到这里来？"吊儿郎当的笑容，损人不留情面的话语，完美无可挑剔的面容……拥有这么非同一般的特征的，非维路希莫属了。

"我是……呃，我都还没问你呢，你怎么会在这里？"

我想了想，还是不要把自己迷路这件丢脸的事情说给维路希听,要是他知道了,一定会继续损我,说不定下一秒我的名字就会从"乞丐小姐"直接荣升"路痴乞丐小姐"了。

维路希微微一笑,慢条斯理地从我身侧走过,不紧不慢地坐在檀木方桌旁的椅子上,跷起二郎腿。

"这是我小时候居住的地方,我定期过来打扫。" 维路希怀念地环视着小屋子里的一桌一椅,脸上流露出淡淡深情,与他那痞痞的笑容毫不协调,不过却让他整个人看上去成熟了不少,散发着一种忧郁的味道。

小时候居住的地方?眼前的少年看上去如此高贵,童年竟然是在这间简陋的小屋子里度过的?

"那你呢?怎么来这里了?"他挑起眉毛,神圣不可亵渎的眸子淡淡扫了我一眼。

"呃,我也不知道为什么会来到这里。"此时此刻,我依旧不想说出迷路两个字,虽然我经常迷路。

维路希抿着嘴唇,目不转睛地凝视着呆立在原地的我。狭小的屋子中,空气似乎被人抽空,我的呼吸困难,接近窒息,心跳莫名地加快,里面似乎有只不安的小鹿在蹦跳。

我们两个就这样对立着,他的眸子在阳光的折射下闪烁着光芒,脖子上妖娆的胎记红得仿佛要滴出血来。我们谁都没有说话,窗户透进来的阳光把这一切定格,勾勒出一幅美好的画面。

直到外面的蔷薇丛中冲出一只鸣叫的小鸟,打破了弥漫的尴尬氛围。

我们都重新恢复了语言能力,我自始至终都不清楚自己到底是怎么了,那根本就不像是平时的我,反而像和Shadow重合。

"喂,你会参加下个月国王主办的选'美'比赛吗?不过,啧喷喷……看你这张不讨人喜欢的脸,还真没面子去参加呢。"维路希双手托着下颚,朝我摇摇头,叹着气,一副"恨铁不成钢"的可恶表情。

"什么选美比赛?"我的好奇心被他唤醒了。

"朵啦没跟你提起过吗?哦,那也怪不得,也许是她对你没什么信心。其实也不过是才艺比赛,细节方面你随便问一下城堡里面的人都会知道。不过,我看你是没有那个胆量参加。"维路希对我的能力表示深切质疑,语气中还不忘带着些嘲讽。

我被他彻底激怒了,胸腔燃烧起了一团熊熊烈火,眼睛都快能喷出火焰来了。"不就是才艺比赛吗?有什么困难的,我一定会拿个冠军给你看看!"

"是这样吗?那我期待你的表现咯。"

维路希说得轻巧,脸上还挂着狡黠的笑容,就像是阴谋得逞的老狐狸,笑得我毛骨悚然。

我这才意识到自己在不知不觉中掉入了他的陷阱。

现在才意识到维路希的老奸巨猾为时已晚了,我恨不得封住自己那张要强的嘴巴。看着他阴森森的笑容,我已经想象到后面的道路是如此艰难漫长……

算了,既然已经放下狠话,也只好认命。那个不知到底是什么玩意儿的选"美"比赛,我会努力向冠军的宝座奔去的!

Vol.2
当我把我决定去参加选"美"比赛的事情告诉华朵啦时,华朵啦一个不小心折断了手中的花。

"你确定要参加这个比赛?"华朵啦难以置信地从头到脚打量

我，我的脸渐渐开始发烫。

好丢脸，果然冲动是魔鬼，早知道就不要答应维路希，现在我真是后悔莫及啊！

不过，好在我身边还有个超级无敌迷人的大美女军师——华朵啦，我们可是站在同一战线的战友，共同的目标就是打倒万恶的维路希，凭着这个信念作为动力，我开始了通向与"美"字搭边的道路。

这次的选"美"比赛是涟漪国的一大盛事，也是第一次尝试，虽然困难重重，但是所得到的回报还是相当不错。就比如其中一个好处，便是免费进入爱尔加特学院，升级为涟漪国最尊贵的学生！

嘿嘿，其实我并不是特别想要进入那个所谓的无处不彰显豪华气派的贵族学校啦，只是它最诱人的是一年两次的梦幻之旅，好不容易才来到了这个美丽的岛国，我可不想放过任何一个欣赏风景的机会。

华朵啦一有时间就对我来个大改造，把我活生生地当作一个衣架，把每件漂亮的衣服都往我身上套，高贵的、典雅的、可爱的、甜美的……样样不缺，最终还是定下了以清新纯洁为主线，塑造一个出淤泥而不染的人物形象。

按华朵啦的话来说，我就是个麻烦的破衣架，穿高贵的衣服显得俗气，穿典雅的衣服显得过于深沉，穿可爱的衣服显得幼稚……连我自己也是一个头两个大，就像是没脑袋的苍蝇只能跟着她的步子乱窜。

衣着打扮方面决定下来后，时间已经过去大半，转眼间，选美比赛的期限朝我冲来，压得我喘不过气，不过我还有个经常支持、鼓励我的Shadow，心里也总算平衡下来。就因为我一时的冲动，也把Shadow连累了，真该扇自己几个大大的耳光。

因为这次的比赛不仅仅是形体的比拼，也是武艺才能方面的比赛。

这就是华朵啦听说我要参加选美大赛感到难以置信的原因。

华朵啦为我找了个武术教练，那教练目光狠戾，身形彪悍，一个拳头感觉可以打死老虎。刚看到他的时候，我已经吓了个半死，只敢躲在华朵啦身后瑟瑟发抖，没想到训练起来根本是半死不活……

出招快而狠，一掌过来直接把我打趴下。

华朵啦看得心惊胆战："哎哎……影儿怎么说也是个女孩子，你能不能怜香惜玉点儿？这也太狠了吧。"

武术教练一抱拳："比赛里虽然都是女孩子，但高手如云，影儿小姐这种才刚接触武术的，只能加强训练了，毕竟她想拿的是冠军。"

我躺在地上，根本不想起来，被教练碰过的地方都在隐隐作痛，骨头都快要断掉了。

"Shadow，我真的不行了……我觉得我快死了。"

我痛苦地呼唤Shadow，Shadow明白我的意图，让我找个机会去卫生间把身体换过来。

于是，武术教练发现，去了一趟卫生间的我，跟变了个人似的，甚至他跟我过招时也变得有些吃力了。

这之后武术成为我最大的长处，也是华朵啦唯一羡慕我的地方。感谢一直与我同甘共苦、共渡难关的Shadow……

虽然我在不断地努力，可是每当碰上维路希的冷嘲热讽，我都会有哭鼻子的冲动,而遇上他时,Shadow通常都会暂时性失踪,无论我怎样呼唤她都毫无反应。

时光如白驹过隙,一去不复返,上一刻还以为有大把时间准备选美比赛,没想到选美比赛就这样悄无声息地拉开了序幕。

选美比赛这天,城堡里面聚集了成百上千个参赛选手,听仆人们说,那都是从各个城镇悉心挑选出来的精英,她们都是从淘汰赛中选拔出来的,而我则是直接走后门晋级了决赛。

大概知情的人都会给我翻一个鄙夷的白眼吧。

喜气洋洋的红地毯自城堡的入口一直通到第一关的比赛场地,沿途绿树成荫,百花齐放,落英缤纷。

城堡中心的露天花园是第一关的比赛场地,此时此刻,这儿正举行一个盛大的晚会,各种各样的食物整齐地摆放着,散发出浓郁的香味,盖过了四周新鲜的花香,让我不禁咽了口唾沫,嘴馋的毛病就快显露无遗了。

不行!为了这几个月的努力不白费,哪怕饿得快死我也要忍下来,忍!忍!忍……

露天花园的中央是一个大型喷泉,清澈流动的泉水在橘黄色灯光的照射下闪烁着迷人的光彩,神奇的是,这个喷泉中的水竟在透明中隐约呈现出五光十色,从不同的角度看上去就会有不同的视觉效果。

"乞丐小姐,你今天的打扮真让我大跌眼镜,要不是你标准的乞丐气息,我肯定认不出你来。"

未见其人,先闻其声,我不用转身都能猜到是谁了。

我一回头,只见维路希以一身纯白的礼服从拥挤的人群中悠闲地踱着步子朝我走来,脸上是一如既往的带着痞气的微笑。

我真想冲过去把他这张丑恶的嘴脸撕下来，越看越不顺眼，简直产生了扁他一顿的冲动。

我别过脸，双手环抱在胸前，不想看他那张让我厌烦的脸："哼，我可不记得你什么时候戴过眼镜。"

不知从什么时候开始，我似乎也学会了像维路希一样讽刺别人，当然，我才没有他那般老奸巨猾，他就好比一只老狐狸，让人防不胜防。

真不懂他年纪轻轻怎么学成这一身损人不费吹灰之力的本领。

"拜托，不要一见到我就摆出一张臭脸，OK（好吗）？我又没有欠你钱，你用得着这样对我吗？"维路希直接无视我的不满，继续厚颜无耻地攻击，还伸手捏住我的下巴，强迫我看着他。

一瞬间，我似乎忘记了应该要如何去呼吸！

他完美得无可挑剔的俊美面容离我很近，近得可以让我感受到他湿润的鼻息拂过皮肤，他神圣不可亵渎的眸子紧紧地端详着我被化妆师折腾了一个中午的脸，指间的温度似乎灼伤了我的脸颊，只觉得全身的血液都往脸上狂奔。

我的心跳莫名地加快了速度，扑通扑通地跳个不停。

"哎哟……"

我有点儿慌张地退了一步，脚跟不小心绊到了一块石头，整个人往后倒去，吓得我冷汗直出，现在打扮得这么淑女，如果摔了个狗吃屎……

啊，想死的心都有了。

不行！绝对不能让这种"悲剧"发生！我不能输，不能让可恶的维路希瞧不起。

就在我的大脑飞速运转的时候，奇迹发生了——我竟然没有摔倒在地……而是……而是被一双修长有力的手稳稳地接住。

一股淡雅的香味传来，占据了我的脑袋，每根神经都绷得紧紧的，似乎再用力一些就快断掉。

我心有余悸地顺着那双手一直往上看，见到的是维路希标准的痞笑，他笑的时候眼角弯成美好的月牙形，一双深邃迷人的眼瞳洋溢着无限的笑意，但再仔细一看，却又像是在掩饰着什么。

清澈的水花四溅，模糊的光晕散落在花园的每一个角落，周围都是谈笑风生、举止优雅的先生女士，唯有大型喷泉旁边，两个黑色的影子紧紧地靠在一起。

少年修长的手臂搂着少女纤细的腰，脸上堆满了阳光般灿烂的笑容，而少女却一脸愕然，清水般澄清灵动的双眸紧紧地注视着少年的面容。

我和维路希就保持着这种暧昧的姿势。

我觉得四周的氧气都被人抽空了，大脑呈现出一片白茫茫的景象，连四肢都僵硬得不听我的使唤。

"乞丐小姐，你发什么呆？还不站好？"

维路希的眉头拧成了麻花状，我回过神，反射性推开他，和他拉开了一段距离。

刚才我和维路希靠得那么近，我可以清晰地听到我们两人的心跳声，不过非常奇怪的，他搂着我的那一刻，我居然觉得一种安全的气息包裹着我，让我无比舒心。

为什么刚才我竟然感觉不到一丝厌恶，反而却有那么一点点的喜欢呢？

我到底是怎么了？Shadow……你来告诉我吧。算了，我还是不要胡思乱想，我现在首要的任务就是在众多精英中脱颖而出，成为最闪亮的明日之星！嘿嘿。

对，一定是这样，刚才一定是因为我把心思都放在比赛中，才忽视了自己对维路希的厌恶。

月影儿，前面的路还很长啊，继续加油吧。嚯嚯嚯，我是打不败的小强！呃，如果真的被打败了，我还有Shadow呀……总而言之尽力就是了。

"影儿，你这种想法很危险哦！"脑海中回荡着Shadow的声音。哈哈，烂摊子每次都由Shadow收拾，我觉得如果她能出现在我面前，一定会把我抓起来狂揍一顿。

Vol.3

"请月影儿小姐上来做自我介绍，大家掌声鼓励。"

华朵啦甜美可爱的声音在空旷的露天花园里响起，随即是海潮一般的掌声。

我深深地吸了口气，嘴角尽量往上翘，以自以为最优雅的步子朝华朵啦所在的地方走去。

没错！华朵啦是这次比赛的主持嘉宾兼评委，所以我的自信心也增强了不少，毕竟有一个朋友在台下一直凝视着我、支持着我，我还是会勇气大增的。

可是，维路希竟然也是评委之一的事实让我又失去了一大半的信心。

我步子轻盈地走上舞台，灯光炫目，我看到舞台上那个灯光聚集的地方，心中泛起了层层涟漪，感慨良多，毕竟一路走来都如此艰苦，现在的一切都是用自己的汗水换来的，以前从来没有这般努力过。

第三章 轰轰烈烈的选"美"

不经意间,我的眼角瞟到了评委席上的华朵啦和维路希,他们正十分认真地在纸上写着什么。

华朵啦感受到我关注的目光,疑惑地抬起头,朝我比画了个加油的手势,她的笑容依旧让人神魂颠倒,就如三个月前一样,一切似乎都没有改变。

目光居然越过了华朵啦,落在维路希专注的脸上,柔美的面部轮廓泛着金灿灿的光晕。此时的他一改平日玩世不恭的模样,浑身散发着绅士气息,台下橘黄色的灯光似乎全洒落在他身上,如阳光一般温和。

我的心似乎漏了一个节拍,他稍稍挑了挑浓密的眉毛,脖子上淡淡的胎记透出高深莫测的光泽,我产生了自己根本不认识他的恍惚。原来,我还没有真正地认识他啊,原来我对他的了解是那般浅薄。

不知怎的,心像是被一层无形的凄凉包围着,说不出为什么,只是会突然悲哀。我到底是怎么回事?

"拜托,她站在上面已经很久了耶,干吗一句话都不说?"

"就是啊,最起码应该介绍一下自己吧,我都从来没有见过她呢,也许不是我们涟漪国的人。"

"对呀对呀,我也没有见过她,不过呢……呵呵,她蛮可爱的,我特喜欢她的眼睛,很有灵气。"

"听说她就是那个直接晋级总决赛的女生,后台一定很硬。"

"所以今年是内定了吗?一点儿意思都没有。"

"我怎么知道啊……"

台下顿时一阵喧哗，观众议论的声音此起彼伏。

我的大脑转不过来，最终死机，出现一片空白的画面，中间浮现出Shadow的背影……

我像一截大木头一样呆立在舞台光线最闪耀的地方，双眸空洞，澄清的瞳仁逐渐变得浑浊，台下依然喧哗声四起，有些等得不耐烦的人还吵着要我下台。

Shadow……Shadow……你能出来帮帮我吗？我好害怕，我不想再继续站在这里了，但是我又不敢走下台，还害怕面对支持我、关心我的人，我真的很需要你……

"影儿，对不起，我现在暂时出不来，你要学会自己去面对困难，要相信自己是最棒的，你一定可以克服这一点儿小小的困难，给自己多一点儿信心。" Shadow的声音还是那么亲切，可是我已经产生了要哭的冲动。

即使经历了这么多，我还是会屈服于困难，我还是战胜不了它，原来我一直都是懦弱胆怯的人。

我的眼前是一片模糊的景象，台下围观的人越来越多了，大家都对我指手画脚，脸上露出一副看戏的表情，他们的模样让我非常厌恶，他们高贵优雅的外表下，是一张张何等丑恶的嘴脸，比平时吊儿郎当的维路希还要让人讨厌。

"嘿，大家能不能稍微安静下来呢？你们过于强烈的举动是会影响到参赛选手的正常发挥的哦。你们应该体谅一下参赛选手，她还是个小女孩，此时此刻她能站在这个舞台上，已经勇气可嘉了。"

富有磁性的嗓音在空气中响起，我循声望去，只见刚才专注于评分的维路希站了起来，握着麦克风面带笑容地说着话。

第三章 轰轰烈烈的选"美"

附近的女生完全沦陷在他俊美的容颜上，全都如痴如醉地注视着维路希。

"月影儿小姐，你有什么话想跟台下的观众们说吗？不要紧张，放轻松。"

不知不觉间，维路希已经走到了我的身旁。

他的笑容从容镇定，绅士地朝台下的人行了个礼，激动得花痴们都快晕厥过去了。维路希的魅力果真不一般。

我抬起头凝视维路希脸上温和的笑容，大脑开始慢慢恢复运转，语言能力也回来了。

此时此刻，我的心从未有过地踏实，先前的杂乱思绪也渐渐消失了，我的唇边若有若无地绽放出一抹淡淡的笑意。

"笨蛋，还愣在这里傻笑什么？快点儿说些话啊，别浪费时间。" 维路希看到我傻笑的表情，眉头轻锁，靠近我，轻声提醒道。

虽然话语中依旧毫不留情地在损我，这一次我觉得一点儿都不刺耳，反而……很温暖。

我深深地吸了几口气，走到麦克风前，声音有点儿颤抖："各位……来宾大家好，真的很抱歉，呃……让大家久等了。我叫……月影儿，是……是一个很平凡的女生，今年十八岁。我的家族要求我在十八岁去找一个人，所以我独自来到了这里……"

我胡扯了一大堆话，舌头好像在打架，听得台下的观众云里雾里的，额头上蹦出无数条黑线。就连身边的维路希也很是无奈，眉头紧皱着拧成一个疙瘩，嘴角微微抽搐。

当我发表完大篇幅的自我介绍，从舞台上仓促走下来后，清楚地听见四周一大片如释重负般的叹息，却迟迟听不到鼓掌的声音。

我严重受挫了！居然没有一个人鼓掌！至少也应该鼓励我一下吧，虽然我说得很无聊、很失败……

"啪啪啪……"

微弱的掌声响起，只见华朵啦站起来，率先为我鼓起了掌。

她说："我认为，每一位参赛人员的勇气都值得被尊重。"

紧接着是还站在台上的维路希的掌声，再接着是一小部分观众，然后有了更多的人加入……掌声越来越响亮。

我站在拥挤的人群中，凝视着台上耀眼夺目的维路希，听着此起彼伏的掌声，脑海中被复杂的情感所填满。

谢谢你哦，华朵啦。还有，非常感谢，今天非同一般的维路希。

Vol.4

经过了这场极其失败的自我介绍，我发现原来关心我的人并不少。连平日里总是嘲笑我的维路希，居然也会帮助我。

可是，尽管大家都努力帮我了，我还是只拿了个垫底的分数——48分。真是个倒霉的数字，死吧死吧……唉。

"乞丐小姐，我该说你什么好呢，连个自我介绍都拿不到高分，居然还敢惦记冠军？嗯？"真是冤家路窄，今天一大早出来晨跑竟然就碰上了维路希。

"我……我就是一时失手。"

我最受不了维路希的嘲笑，下意识地就反驳他。

"哦？真的吗？既然这样，看来我上台是多此一举了。"维路希恢复了平日喜爱捉弄人的本性，嬉皮笑脸地调侃着我，话语中是没有良心的讥讽。

第三章 轰轰烈烈的选"美"

我不知道该如何怼回去,只能默默地往前跑着。回想起昨天那个温柔美好的维路希,心跳便不由得加快了,像是被人下了魔咒一般,竟产生了种莫名其妙的滋味,连我自己也说不清楚是什么,总觉得我和维路希的关系,好像有了种微妙的变化。

维路希见我不说话,也没有继续嘲笑我,只是静静地跟上我,与我并肩跑。

清爽的风轻轻吹动着四周的花草,发出沙沙的响声,除此之外就是一片奇异的宁静,早晨的城堡是如此安详,就像熟睡的婴儿。晨曦散落在大地上,我和维路希的影子紧紧地靠在一起,穿过茂密的树叶,绕过清澈的湖面……

我抬起头,透过头顶上被阳光照得通体碧绿的树叶间的缝隙,我看到了一小片蔚蓝的苍穹,那是种让人身心舒畅的色彩,天空中飘浮着几朵如棉絮般洁白无瑕的云朵,它们仿佛是在结伴流浪,却又像是在相互追逐,犹如天真无邪的孩童在嬉戏。

我有点儿恍惚。

无论经历了多少,总有些东西是不曾变化的,它不会因为过分的哀伤而悄然离去,也不会因为过多的兴奋而改变,它只会一直默默地守护在你的身边。

不知道究竟跑了多久,我只知道额头上早已沁出了细密的汗珠,身体也暖洋洋的。

我和维路希之间似乎弥漫着尴尬的因子,空气静悄悄地在我们中间流动,我们终究谁也没有说话。

"明天就要进行下一轮比试了吧?"

最后还是维路希打破了这份不寻常的宁静,我侧过脸看向他。

此时的他也在凝视着我，神圣不可亵渎的眸子在灿烂的阳光下闪烁着如钻石般闪耀夺目的光泽，我可以透过他澄澈的眸子看到自己娇弱的身形。

"嗯。"他的瞳仁那般迷人，我几乎要沦陷进他醉心的双眸里了，那就像是一个无底的旋涡。

"我带你去个地方吧，算是对你勉强通过了第一关自我介绍的奖励吧。"维路希笑了笑，脖子上淡淡的胎记如花一般妖娆，在阳光的照耀下也似乎随着他的心情变得顽皮起来了，闪烁着耀眼的光泽。

我想也不想地点了点头，却突然想起了一个问题，正准备张口询问，维路希就像是知道了我要问什么，很不给面子地一口拒绝："不要问我明天比赛的内容，我是绝对公平公正的。"

"呃……"我心虚地擦了擦额头上的汗水，尴尬地笑了笑之后别过头不再看故作严肃的维路希。

"果然是笨蛋，反正明天都会知道比赛的内容，又何必提早知道呢？"维路希伸手揉揉我乌黑透亮的短发，动作柔和，像邻家大哥哥一般亲切，"知道太多反而会紧张，我可不想再看到那个紧张得连说话都会结巴的月影儿。"

我并没有拒绝维路希这亲昵的动作，而且，似乎发自内心地，有那么一点点的……喜欢？天啊，我到底在胡思乱想什么？月影儿，你千万别被眼前这个虚有其名的人骗了，镇定！镇定……

"那个……之前的比赛，谢谢你了。"丢下这句话，我加快步伐，红着脸往前跑开了。

虽然明知道维路希一定会嘲笑我，可是我还是要道谢，毕竟他曾经在众人面前帮助过我，让我不至于出丑。

虽然这个拥有精致脸蛋的少年总喜欢捉弄我、欺负我，但他会在我遇到困难的时候出现，把我救出困境。

维路希很快追了上来："迟是迟了点儿，不过我接受你的道谢。有信心赢得冠军吗？"

我回答不上，心中也还在犹豫，其实我对自己还是缺乏自信的吧，我不曾想过只靠自己的能力去赢得冠军，我还是想要在比赛中借用Shadow的能力。我依然是个没用的人，我只会依赖别人……

就在我陷入迷茫的那一刻，一阵如风般温柔细腻的嗓音拂过我的耳际，撩动了我的心弦。

"能不能答应我……只靠自己的能力，得到涟漪国所有人的承认呢？"

只靠自己的能力，得到涟漪国所有人的承认……

我真的可以做到吗？

第四章
风风火火的野外赛

"可是闭上眼睛会摔跤啊。"虽然Shadow说得很有道理,但我还是满心忧虑。

"勇敢一点儿,如果不尝试就一定找不到出去的路。"

我犹豫了一阵:"好吧,我相信你。"

Vol.1

负责看守城堡的几位士兵恭恭敬敬地为维路希打开了那一扇足足有两层楼高的金边红木大门，微笑着欢送我们离开金碧辉煌的城堡。

高大的外墙雕刻着繁复精致的图案，围墙内的歌特式房屋在阳光的照耀下熠熠生辉，尖尖的屋顶直指如琉璃般清澈的天空，远处高山上的钟塔发出深沉的响声，使整个城堡无处不彰显着权威的肃穆。

大门两侧整齐地排列着一队身穿暗绿色军装的士兵，一大片绿色绵延至街道，士兵们个个精神抖擞，毫无表情地屹立着，宛如一尊尊雕像。

当我和维路希沿着从大门伸展开来的红地毯渐渐远离城堡，两旁的士兵动作一致地敬礼，中气十足道："少爷，您好！"

我瞪大眼睛不可思议地看着满脸笑容的维路希，他发现我的目光，轻轻地敲了敲我的脑袋，粉嫩的嘴唇动了动，却没有发出任何声音，可是我分明看得出，他在无声地说我是个大白痴。

哼！什么嘛，这个家伙真让人讨厌！我愤愤不平地想要给维路

第四章 风风火火的野外赛

希施展一记霹雳无影腿,眼角不小心瞟到士兵们正欲拔出腰间利剑的细小动作,心中一惊,只好规规矩矩地跟在维路希后面,低着头向前走着。

可恶的维路希,故意在士兵面前欺负我,讨厌讨厌讨厌……咦?绿色的军装?之前在街道上无端抓住我的士兵,好像不是穿这种颜色的军装的耶,虽然样式差不多……

"维路希,这里的士兵为什么不穿红色的军装呢?我觉得那套衣服更好看哦。"我看着地面上的红地毯一步一步地紧跟在维路希身后,却没想到那小子听到我的话后突然停住了脚步,我的脑袋很不幸地正好撞上他坚硬的脊梁。

"啊啊!我的头好痛!维路希,你是不是故意耍我!"我摸着被维路希撞痛的额头,不满地指着他大叫。

"这里从来就只有绿色的军装,红色是皇家的象征,士兵是不能穿红色军装的。"维路希鄙夷地抛给我一个白眼。

"为什么上次那个把我抓到城堡的人穿的是红色军装?"

"那是你色盲。"维路希继续对我进行人身攻击。

我咬牙切齿地回击:"你才色盲,你不仅色盲,而且是个自大的色盲!"

……

我们就这样吵吵闹闹地到了一个陌生的地方,其实在涟漪国,我最熟悉的地方也只有居住了两三个月的城堡了。

"维路希你这个呆子、傻子、浑蛋……"我的嘴中不停地嘟哝着,低着头踩着维路希的影子走。

"你骂够了没有?"维路希富有磁性的声音从前面传入我的

耳朵,他的声音是那样好听,带着微微的沙哑,像是风吹过树叶般美妙,虽然这语气让人听了很不爽。

"呃。"原来我刚才一直在他背后小声地咒骂他,他是能听到的啊。没想到他能忍到现在,我还以为他一听到我骂他,他就会黑着一张扑克脸反击我呢。

"笨蛋,别傻愣着,快看看前面。"

我越过他颀长的身子,朝他所指的方向望去。此时的我已经顾不上回应维路希那句讥讽味儿极浓的话,因为……因为在我的面前,居然是一大片如白云般纯洁的蒲公英田!

前方是一望无际的白茫茫的蒲公英田,似乎连接着蓝天,白色与蓝色只在一线之间。我仿佛置身于天堂之中,一阵清风掠过,蒲公英高低起伏,形成一层层的浪花,宛如大海上汹涌的波涛。

风吹起棉絮般轻柔的蒲公英花在半空中飞舞,犹如灵巧的小精灵顽皮地穿梭于蒲公英田之间。

我忽然觉得自己来到了童话的梦幻世界,那是一个宁静安详的、只属于我的国度!

"好漂亮!"我的心中翻滚着一股如蜂蜜般的甜蜜和幸福,飘舞的蒲公英好像一直飘呀飘,最后飘落在我内心最柔软的地方,越聚越多……

维路希的声音也随着漫天飞舞的蒲公英柔和了许多,似乎还混杂着一点儿柔情:"乞丐小姐,你不需要感谢我了,就当是补回见面礼吧。"

"你怎么知道我想来这里啊?"我可以肯定,这片蒲公英田就是华朵啦上次参加活动的地方,就是我幻想了好久的地方。

这里真的如华朵啦描述的一样,不过又似乎有点儿不同,我现在不仅感觉到这儿是个雪白的世界,还觉得它是个盛满蜜糖的地方,我的心……好像有种甜滋滋的东西在流动。

"是啊……怎么知道的呢?"维路希摸了摸下巴,"大概是上次无意中看到有个笨蛋苦苦哀求华朵啦,让华朵啦带她来这里吧。当时那个笨蛋的表情真难看,都快哭了,我实在不忍心让她丑陋的模样毒害城堡里所有的人,所以就带她来这里咯。"

维路希还是那个爱损人的维路希,还是那个笑得无害、却在心中算计人的维路希,可是为什么呢?我竟觉得他似乎没以前那么可恶了。

我的视线变得模糊,眼前的蒲公英田像是蒙上了一层水雾,我心中莫名地产生了一个稍微有点儿疯狂的念头。我在维路希尚未反应过来的时候,张大双手,大叫着冲向前面那片美妙的蒲公英田。

"啊——"我就像是一只受到惊吓的小兽,自己一个人冲到了最前面,不停地向前跑,脑海中浮现出这几个月来发生的种种事情,关于我的,关于维路希的,关于凉辰的,关于华朵啦的……它们就像是放映机放映出来的一幕幕真实的景象,历历在目。

我顾不上维路希被我抛在身后的叮嘱,他似乎是有那么一点儿担心我的,我已经注意到了他担忧的眼神。

他在背后追赶着我,我们就这样在被温和的阳光照耀得泛出金色的蒲公英田中奔跑着,宛如两个孩童在嬉戏,但我却分明知道,心中并没有小孩儿的那份天真烂漫。

眼泪已经漫过我的眼眶,一滴一滴地顺着脸颊滑落下来,坠落在不知名的地方,消失在云层般的蒲公英田中。

眼前的路已经看不清楚了,不知道如果我一直这样跑下去,会到达一个怎样的世界呢?会回到我从小生活的那个地方吗?

Vol.2

脚尖不小心绊到了一块石头,我不得不停止那疯狂的举动,整个人结结实实地往看似软绵绵的蒲公英田倒去。在倒下的那一瞬间,我似乎听到了风在耳边吹过,轻飘飘的蒲公英触到我细嫩的肌肤,一种酥麻的感觉触电般在我身上蔓延,仿佛融入了血液一样。

"影儿!"

维路希着急地朝我跑来,他的额头上沁出了细腻的汗珠,如大海般蔚蓝的长发在温柔的微风中飘动着,脖子上那妖娆的淡红色胎记犹如一朵绝美绽放着的花儿。

他蹲在我的身旁,好看的眸子中流动着不解和疼惜的光泽。

我趴在地面上,把脸深深地埋在双臂之间,泪水沾湿了衣袖。我身下不知道压坏了多少无辜的蒲公英,旁边的蒲公英摇曳着细长的身躯,像是在为它们的同伴默哀,四周只剩下风轻快的声音。

"你为什么突然跑了起来?哎……你……又哭什么啊?"

我没有回应维路希的惊讶,只是继续默默流着泪,想要发泄这几个月漂流到这个小岛后的孤寂。

可是我明明遇到了另一个我——Shadow,视我为最好的朋友的凉辰,遇到了可爱高雅的华朵啦,还有……此时正不知所措的维路希……但是,为什么我还是觉得那样寂寞,就像是黑暗中独自在空旷无人的街道上漫无目的地行走一样。

寂寞孤独,仿佛要把我活生生地吞噬。

"你到底是怎么了?太感动了?欸,你既然感谢我就更不应该哭呀,别人会以为我欺负你的……拜托,你不要哭了,好不好啊?" 维路希手忙脚乱不知道要怎样安慰我,只能在一旁碎碎念。

我突然想无理取闹:"你就是欺负我了!你总是在欺负我!都是你的错……呜呜……"

"好啦好啦,都是我的错,我道歉总可以了吧,你就不要再哭了。"维路希实在拿我没办法,只好投降。

他小心翼翼地为我取下头发上棉花一样的蒲公英花絮,为我整理乱糟糟的头发。那头俏皮的短发,好像已经触肩了,时间过得真快,白驹过隙一般。

"我想家了,我好想……回去,呜呜……"

维路希温柔的动作触动了我的内心最深处。我突然跳起来,抱住了专心致志为我整理头发的维路希。

维路希愣了一下,停止了手上的动作,一动不动,并没有要推开我的意思。

他的怀抱让我觉得很安稳,温暖,舒适,让人舍不得离开。我可以嗅到来自他身上的,只属于他的独特的气息。

"不要哭了,乖。原来是想家了啊……有亲人真好啊。做你的家人真幸福,有你时时刻刻挂念着他们。"

"嗯?"

我听出了维路希的伤感。

我伏在他的怀中,抬起头泪眼婆娑地看着他轮廓完美的侧脸。他在望着远处的一座高山,那里矗立着一座高耸入云的钟塔,仔细聆听,钟声从遥远的地方飘入耳中。

"咚咚咚——"

安详,沉稳。

维路希不紧不慢地微启双唇:"关于那座钟塔,有一个故事,想要听吗?"

我看见维路希的眸子中映着那座神秘、遥不可及的钟塔，在阳光的照耀下，他的眼中似乎闪烁着让人难以读懂的情感。

我没有作声，只是静静地凝视着他，偎依在他的怀中。

不知道为什么……我居然对他的温度那样熟悉，那么依恋，似乎在更早的以前，我们便认识了……我不懂，但也不想再去想任何的事情了，我只想时间定格在这一秒，让这一瞬间成为永恒。

耀眼的阳光透过淡薄如烟般的云朵照耀着这片梦境似的蒲公英田，风吹起如棉絮一样的蒲公英，它们在空中浮动着，旋转着飘向远方……而大片白茫茫的蒲公英田的中央，少女紧抱着俊美的少年，少年则远望着麦高唯亚山上被袅袅的烟雾包裹着的钟塔。

维路希默默叹了口气，依旧专注地凝视着那座遥远的钟塔，眼睛似乎蒙上了一层薄雾。

他沙哑的嗓音流入我的耳中，一直流到我内心最柔软的地方："那个地方记载着许多泪水，同时也承载着许多笑声。那里有我曾经最珍视的人。"

我的心"咯噔"跳了一下，带着点儿微微的痛楚。那不仅仅只有我的心疼，似乎也杂糅了一种不知来源的不安。好像是……Shadow！

不会的不会的，怎么可能是她呢？她明明只是我的影子啊。一定是我太多心了……

"我在很小的时候就被我的父母抛弃了。他们狠心地把我遗弃到那麦高唯亚山的钟塔旁，之后再也没有出现过。那就是我的父母，很可笑吧？我都记不得他们丑恶的嘴脸了，那两张让人恶心的面孔。"

维路希抱着我的力度骤然变大，就像是只要稍微一放松我就会

第四章 风风火火的野外赛

和他那狠心的父母一样消失。

我被他抱得几乎喘不过气来,但是我不忍心哼一声,因为这个时候的维路希身体颤抖得很厉害,仿佛置身在无尽的黑暗中一般彷徨。

可这样的他竟然还在吊儿郎当地微笑。

维路希……你究竟是一个怎样的人呢?为什么明明很难过,却又要故意装作无所谓的样子?其实你比谁都要脆弱吧?你只是用一件吊儿郎当的外衣紧紧包裹着自己,把别人对你的关心拒绝于千里之外。

维路希,你真傻!

"你这个大笨蛋!总是假装一切事情都无所谓,但是扪心自问,你这样真的幸福吗?你明明还是爱着你的父母的,为什么就不试试自己去找到他们呢?"我还是忍不住把心里的话脱口而出,我不想见到这么哀伤凄凉的维路希,他明明应该坚强乐观,老想着算计人的啊!

"你根本不懂!即使找到他们了又能怎样?一个曾经把你抛弃的人会对你存有感情吗?……不过在那个钟塔里,我认识了两个人呢,那是段很美好的回忆。"他继续回忆着以前的事情,他的下巴靠着我的肩,湿润而均匀的呼吸拂过我的肌肤,我的脸染红了一片,变得越发烫。

我不再作声,继续静静地倾听他的往事。

"我父母抛弃我以后,我就呆呆地在钟塔下等待着他们归来,那时候的我还一直坚信他们一定会回来接我回家的。可是日复一日,他们还是没有来,而我就快饿死了。在我就要昏迷的那一瞬间,有人救了我。"

维路希深深吸了口气,脸上的笑意变得温暖,直觉告诉我,那个救他的人一定是个女孩,要不然他怎么一脸甜蜜呢?

想到这里,我竟有些闷闷不乐了:"你应该很喜欢她吧?"

"嗯……"

维路希没有否认!

细碎的阳光把他亮丽的蓝色长发照耀得光辉四射,我顿时觉得他是那么刺眼,让我不敢直视。

心突然好冷,仿佛掉进了冰窖一般。

轻风带着白花花的蒲公英飘过,一阵凉飕飕的感觉蔓延至全身。

"刚开始见到你的时候,我还差点儿把你当成是她了呢,你们的神情很相似,不过后来我知道了,你并不是她。我跟她在一起生活了四年,后来认识了华伊澈,是他把我们带到了城堡里。"说起华伊澈,维路希的眼中流露出感激之色。

"原来你还有这么一个不堪回首的过去啊,不过一切都会好起来的。"

我轻拍着他的背,小声地叹息。我虽然很好奇关于那个她的事情,但终究还是没有问维路希,毕竟那都已经过去了,不是吗?而且我又有什么资格去问他呢?我跟他不过是萍水相逢而已。

"一切都会好起来的,你一定会永远快乐的。"我的声音在空旷的蒲公英田中显得那么渺小,风一吹便散了。

以后的以后,不管发生什么事情,都要记得快乐哦。就当是交换吧,我也答应你,靠自己的能力得到涟漪国所有人的承认!

无论以后会怎样,我们就这样约定好了。

Vol.3

今天是选"美"比赛中最重要也是最具挑战性的考验，华丽丽的冒险——麦高唯亚山狩猎之旅！

维路希昨日的话我还记忆犹新，在那片纯洁无瑕的蒲公英田里，我们摘下了虚伪的面具，相互拥抱着大哭了一场。我明白那时候所做的一切都只是两人在互相取暖，我们就像是两个在孤寂中独自行走的人，最后机缘巧合地遇上。

我准备进入麦高唯亚山时，又见到了维路希。

他穿着一件干净的白衬衫，直立的衣领隐藏了他妖娆的淡红色胎记，水蓝色的牛仔裤让他阳光了许多，他的脸上一如既往的笑容，那么自信……

仿佛昨天的事情根本没有发生过，他还是与我刚认识时一样，依旧是那个吊儿郎当的维路希。他沐浴在柔和的阳光之下，犹如希腊的太阳神阿波罗一样，总有耀眼无比的光芒追随。

"乞丐小姐，记得昨天答应我的事情哦！嘻嘻……"

维路希朝我不停地挥手，嘴角绽放出一抹狡黠的笑意，与昨天那个抱着我的他截然不同……那个时候的他啊，脆弱得像个迷路的精灵，让我不忍心去责备。可是现在的维路希摇身一变成了世界上最可恶的浑蛋，连笑容也在阳光下显得格外讨厌。

"我昨天答应你什么了？我都不记得了呢。"我故意想要气气维路希，他吹胡子瞪眼的生气样真的可爱极了。

"没关系啦，反正我知道你一定记得的，记得加油哦！"他眨巴下眼睛，然后打着哈哈走开了。看着他越走越远的身影，一种怪异的难过缠上了我的心，我再次陷入了前所未有的恐惧。

我答应过他……要靠自己的能力赢得所有人的认可。自己的能力……

  我抬头仰望前方高耸入云的麦高唯亚山，这座雄伟的高山被青葱的绿色装点得幽深秀丽，远处的山峰连绵不绝，层峦叠嶂，一座挨着一座，似乎看不到尽头。

  而这座记载着维路希故事的钟塔，正坚定地屹立在麦高唯亚山主峰的最顶端，如妙龄少女纱衣般缭绕的烟雾围绕着它静静浮动。

  我真的可以不呼唤出Shadow顺利带着猎物凯旋吗？

  "这次狩猎之旅的规则很简单，麦高唯亚山上有各种野生动物，它们或许庞大，或许弱小，我们的目标是捕捉这些动物，规定时间为两天，最终按照各个参赛选手带回来的猎物作为得分标准，捕捉到越凶猛强大的动物得分越高。这个环节不仅能考验大家的战斗能力，也测试出了大家的野外生存能力。但是你们要千万记住，麦高唯亚山的主峰被誉为涟漪岛上的禁地，里面生活着的不单有普通的动物，还栖息着一些拥有特殊能力的异兽，恳请大家注意安全，避免靠近禁地。"

  主持人的介绍至今还在我的脑海中回旋，我的心猛然一颤。

  主峰上的异兽大约就是像怪兽一样的存在，维路希的父母居然狠心将他独自留在那里……我的眼前似乎看到了一个瘦小的身子在麦高唯亚山上孤寂的钟塔旁蜷缩着，颤抖着，期望着他的父母回来接他回家的场景……

  "月影儿小姐，其他参赛选手都已经进入麦高唯亚山了，你是要弃权吗？"帅气的主持人在我身边疑惑地问道，拉回了我神游太虚的思想。

  "啊……不是不是，我这就进去！"看着众多竞争对手逐渐隐

第四章 风风火火的野外赛

没在郁郁葱葱的树木中，我赶紧加快速度冲进了麦高唯亚山，只留下几片落叶还在地上打旋。主持人反应不过来，呆滞地站在原地，愣愣地望着我离去的身影，一时说不出话来。

我还是赶不上其他参赛选手的脚步，她们像是鞋下抹了油，一溜烟地集体消失在我的眼前。

从外面看时觉得麦高唯亚山雄伟壮丽，可是进入这座山之后，我才明白了什么叫作表里不一！那座雄伟的麦高唯亚山，内部居然如此恐怖！

阴风阵阵是我对它的第一印象。

蜿蜒崎岖的山间铺着一条陈旧的石路，大概走的人很少，路上爬满了苔藓。我只能小心翼翼地走着，害怕摔跤。

石路的两旁生长着笔直粗壮的树木，树干枝叶繁乱而交错，茂盛的树叶挡住了太阳光，整个山脉显得阴深潮湿，如同魔鬼一般狰狞。隐约可以看到散落在山间的花朵，都呈诡异的黑色。

风在树木间回旋着，发出宛如小孩子哭泣一般尖锐的、不成曲调的声音。

我裹紧了外套，缩着脖子怯生生地在无人的石路上行走着，这条路似乎永远走不完，我走了很长一段时间都好像在原地踏步，两边除了树木什么都没有……

"Shadow，还有多长的路才到山顶呢？为什么我觉得这里走不到尽头呢？"树丛中忽然飞出一只哑哑叫的乌鸦，吓得我整个人跌坐在石头上，坐了一屁股灰。

该死的乌鸦！可恶的乌鸦！连你也来欺负我，信不信我把你那不祥的羽毛全部拔掉？

"影儿，其实我刚才一直都在留意这里的景物，我发现你好像一直在同一个地方打转，你看，旁边的那根树枝不是你之前不小心折断的吗？现在又出现了。"脑海中浮现出Shadow久违的皱眉表情，细长如柳叶的眉毛打着架。

我低头朝脚边看去，一根折断的树枝安静地躺着，这真的是我之前折断的树枝！这么说……

看来我是又迷路了！

维路希说得没错，我真的是个大白痴！呜呜……

"我觉得这里很怪异……似乎被瘴气笼罩着，我认为有可能是这座山被人施下了幻术，如果你盲目地走下去，还是会回到这里的。"

整座山更加阴暗了，也许已经快到晚上了吧。我想起了从前莱尔女士给我讲的有关山林鬼怪的故事。一到晚上，这座麦高唯亚山也会传出狼的叫声，也会有猿猴的悲啼吗？

我的心惊慌地乱跳，眸子中弥漫着无尽的恐慌和不知所措。

"那怎么办？我不想死在这里呀！我还要回家。"

Shadow沉默了一阵，湿冷的空气在我的身边浮动，我的心更加害怕了，像是被人浇灌了冷水一样。

"这样吧，你呼唤我，我想办法离开这里。地上正好有洼地，只要见到水，我就可以出来了。"

"好！不过……呃，但是……"我本准备冲到树下的水洼旁呼唤Shadow，却又适时地想起了维路希的话。

"能不能答应我……只靠自己的能力，得到涟漪国所有人的承认呢？"

我不能呼唤出Shadow！我已经答应维路希了，现在只能靠自己,我不能再依赖Shadow的帮助了。

"怎么了?"Shadow不明所以的疑问在我的脑海中传来。

"我不能呼唤出你。因为我答应了维路希,我一定要靠自己的能力闯过这个难关。"想起维路希,我的心便莫名其妙地暖和了。

我已经不是独自一个人了,我有支持、鼓励我的人,我不想让他们失望。

"维路希?" Shadow的表情蓦地变得忧伤,清澈的双眸泛起了微弱的涟漪,她微启红唇,"那我告诉你一个办法,或许可以走出瘴气……闭上眼睛,用心去感受真正的路吧,幻术的本质只能迷惑双眼,却不能迷惑人心,试着用心去感受。其实很多事情只用肉眼去看是不真切的,学会用心灵去观察才能知道它最真实的地方。"

"可是闭上眼睛会摔跤啊。"虽然觉得Shadow说得很有道理,可是如果闭上眼睛走在这布满苔藓的石路上,一定会摔个四脚朝天。我的裤子刚才已经遭了殃,我可不想衣服也被弄脏,而且会被摔痛的。

"勇敢一点儿,如果不尝试就一定找不到出去的路。"

"好吧,那我相信你。"

我有些犹豫,但还是听话地按照Shadow的说法,闭上了眼睛,小心翼翼地往前走着。眼前陷入了一片茫茫的黑暗之中,根本不知道哪里是路,只能靠直觉瞎走。

"嗯,用心去感觉路的所在。"Shadow耐心地教导,她的声音永远是那样温柔细腻,如果她不是我的影子,而是我的姐姐,那该多好呢。

我用力呼吸着山中湿润的空气,尽量将脑海中无关的思绪清除，全神贯注地去感受通向山顶的路。

慢慢地，我似乎在黑暗中捕捉到了一点儿摇曳不定的光，它正闪烁着微弱的光泽，像是在呼唤着我，让我忍不住一步一步地向它走去。

那光芒真像平时集聚在维路希身上的阳光，我仿佛看到他就在我不远的地方，朝我微笑着挥手，脸上洋溢着孩童般天真烂漫的笑容。

Vol.4

我就这样闭上眼睛漫无目的地凭着感觉去摸索道路，那一抹闪烁不定、若隐若现的光点离我越来越近了，似乎只要伸手就能触摸得到，可是当我伸出手时，却什么也摸不着，只有冰凉的空气。

突然，一阵刺耳的打斗声从不远处传来，我本想静下心来两耳不闻窗外事，可是眼皮却很不自觉地往上一动，硬是要我睁开眼睛。

眼睛睁开的那一刹那，刀光剑影猛然刺入了我的视线里，闪耀的光辉把我一直紧闭的眼睛闪得生疼，我不觉半眯着眸子凝视前方。

一个如肉球一般的巨型生物出现在了我的面前。

"肉球"浑身长满茂密乌黑的软毛，一双蓝色的眼眸寒芒毕露，耳朵似猫，鼻子似猪，尾巴似兔，正张着一张血盆大嘴，尖尖的獠牙触目惊心。

这是什么东西？难道就是主持人所说的异兽？不是说只有禁地才会有吗？

虽然惊诧于眼前这只足足有三米高的庞大生物，可是，最让我惊讶的是——我居然在这座幽静的麦高唯亚山中与凉辰重逢!

凉辰面无表情,手中紧握雕纹匕首,锋利的刀刃泛着白色的光泽,让人顿时生出敬畏之心。

他全神贯注地与黑漆漆的怪兽打斗着,修长的身形快如闪电,要不是那匕首透出的白色光芒,我根本看不清他的踪迹。

忍者讲究一个字,快。凉辰大约是顶级的上忍,速度快得令人咂舌。

动作迟缓的怪兽根本捕捉不到凉辰的行踪,只得胡乱地挥动着笨重的爪子在半空中攻击,神情越发癫狂。

"哇啊啊……"

我看得太入神,竟然没有发现异兽已经发现了我,正挥动着硕大的掌心朝我冲来,一片沉重的阴影挡住我所有的视线,我只怔怔地站在原地惊慌失措地尖叫,一时忘记了躲避。

"快逃!"脑海中浮现出Shadow惨白的脸色。

说时迟那时快,眼看着寒气逼人的锐爪近在咫尺,我的心中祈祷着各路神仙显灵来救下我。

就在爪子离我的脑袋仅差一厘米时,我的腰突然被一双强而有力的手环抱着,双脚离开了地面,整个人腾空而起,耳边是呼呼的风声,我能看见树叶在身边飘过。

平稳均匀的呼吸传到耳边,我一抬头,便对上了一双澄澈无底的琥珀色眸子。这双眸的主人在看清我的相貌后,脸上出现难掩惊喜的神色。

"影儿!"

他的声音一如既往地温和。

我的好朋友凉辰,我们又见面了,你还是跟刚认识时一样,虽然表情淡漠却拥有一颗真挚善良的心。能再见到你,真好!

"呵呵。"我从他琥珀色的瞳仁中见到了自己恐慌过度的样子,真想找个地洞跳下去,太丢人了,我这种笨队友!

他抱着我跳上了树梢,把我放在一根看起来还算坚固的枝干上,冷漠地注视着我。站在高大的树上,我终于看到了被树叶遮挡住的天空。

镰刀般的弯月无精打采地挂在半空,灰黑的天空没有繁星的点缀,一片孤独的沉寂。

淡雅的月光散落在大地上,树叶上似乎披上了一层薄薄的轻纱。银色的月光犹如顽皮的小精灵在凉辰细碎光滑的茶色头发上跳跃着,他伸出修长的手指为我擦去脸上的污迹,神色平静淡漠。

"乖乖在这里等我回来。"

他温柔地用手背轻轻滑过我的脸,转身义无反顾地继续奔向怪兽,再续方才被我打断的决斗。

看着他的身影跃入伸手不见五指的树丛中,不安的情绪爬上了我惊魂未定的心,我又开始担忧了。

"呀……"下面传来凉辰的呻吟,我的心跳也随之漏了一拍。

我趴在树上朝树下大喊:"凉辰,你怎样了?"

然而树下一片可怕的寂静,没有任何声音回应我,连异兽惊人的啼鸣声也消失了。隐约中只能听到从遥远的地方传出动物的鸣叫声。

他该不是出了什么事吧?凉辰,你千万不能有事啊,你等我……我这就来。

我小心翼翼地抱着粗壮的树干慢慢爬下,脚却很不幸地踩到了滑溜溜的苔藓,整个人朝泥土摔去。

第四章 凤凤火火的野外赛

啊！妈妈咪……我的屁股热辣辣地痛！我的骨头就要散架了！

想起还处于水深火热之中的凉辰，我顾不得疼痛，赶紧从地上爬起来，四处张望，手也警惕地握住了那一条精致玲珑的十字剑的手链。

虽然我现在还不能很好地运用这条手链上的十字剑，但为了凉辰和自己的安全，无论怎样也要尝试一下了。

找到了！凉辰和那抹漆黑的庞大身影就在前方奋勇对抗着，他们的实力不相上下，难解难分。我把十字剑手链握在手心，双手合并在胸前默默念着，希望能够呼唤出被手链封印着的十字剑的力量。

关于使用十字剑的事情是以前无聊的时候问Shadow的，我边回想着当时她的话，边尝试使用。

十字剑啊，你一定要快点儿乖乖变身，我现在很需要你的帮助啊！

就在这时，奇迹出现了……

我的双手中发出奇异的绿色光芒，我张开手，小巧的十字剑手链逐渐变大。如月光一般银白色的光芒包裹着十字剑，使它显得神圣高雅，那颗极其珍贵的金绿猫眼宝石暗藏汹涌，在银白色的光线下尤其诡异，似乎隐藏着深不可测的力量。

哇哇哇！我居然真的呼唤出十字剑的力量了耶！我激动得差点儿没跳起来。

握着这把剑的感觉真好，粗细适中的剑柄触摸起来有种莫名的温暖，而且这把剑轻巧灵动，挥动它时根本不费吹灰之力。

我双手紧握剑柄，冷冽的剑光在剑刃上闪烁着，照亮了整个阴森恐怖的树丛，每一片树叶都被光点染成了晶莹剔透的碧绿色，犹如夏夜萤火虫在嬉戏。

"呀……"我高举十字剑,大叫着朝比乌鸦还黑的怪物冲去,谁知道那怪兽居然对我不理不睬,只顾着跟凉辰纠缠不休,害我刚才的雄心壮志都泄光了。

可恶的大怪兽,竟然不理会本小姐,看我的厉害!看招……

我使劲挥剑砍向怪兽的尾巴,分散的光点顿时像收到命令一般都向着剑刃集中,刹那间我所在的地方成为最光亮的位置。

剑落血溅,异兽绿色的血液四处飞溅,异兽的尾巴掉落在地上,浓稠的血在地上流淌,散发出一股恶心的血腥味。

怪兽痛苦地仰头嘶叫,声音震撼了整座麦高唯亚山。我意识到它是彻底被我惹恼了,那声音洪大响亮,在山谷间久久回荡不散。它用那双狰狞的蓝色眼睛直盯着我,我的心害怕得发毛,几乎要停止跳动了!

好可怕的眼神……比以前老师盯我的眼神要吓人多了!我害怕地咽着口水,胆怯地把手中的十字剑藏在身后,嘴角勉强露出一抹尴尬的笑意。

"那个,异兽先生……你别这样看着我好吗?我知道错了……哇啊!救命啊,我不想这么快就死呀!"

不等我说完,怪兽就张着血淋淋的大口,尖尖的獠牙在月光的照射下闪过寒冷的白色光泽。它猛地朝我扑来,锋利的爪子极其迅速地出现在我的眼前,吓得我不知所措瞪大眼睛,转身就弃剑而逃。

可怪兽的速度什么时候居然变得这么快,它一挥爪,我的后背就划出了五道长长的爪印。

后背的衣服肯定已经被抓破了,而且一股温热的液体自我身体

第四章 风风火火的野外赛

内涌出，我看见殷红的血液一滴一滴地坠落在地上，溅起无数朵凄美的血花。

"影儿！"凉辰惊呼。

凉辰几度想要朝我这边赶来，但癫狂的异兽三番五次地阻止了他。

我跪坐在地上，眼泪无法抑制地溢出眼眶。

绝望……

有谁能来救救我啊！我看到了好多的血，它们从我的背后流出。疼痛的滋味后知后觉地蔓延至我的全身，我整个人跌落在地，哆嗦着蜷缩成一团。

蓦地，一阵凛冽的风从我身旁飞闪而过，我的身子一轻，转眼间双脚已转移了位置，来到了另一棵粗壮的树上。

得救了！

我抬起头，竟对上了一双神圣不可亵渎的眼眸！他脖子上那朵如花般的胎记在月光下格外妖艳。

是那个在刚才我以为永远也不会再见到的……维路希！他怎么会出现在这里？他不是应该在麦高唯亚山下等着参赛选手归来的吗？

不过这都已经不重要了。是他，是维路希在我差点儿就要消失在这个世界上的那一刻救了我！如果不是他及时出现，我大概已经成为怪兽的爪下亡魂了吧。

"真是笨啊，打不过不会跑吗？"

头顶上传来维路希恨铁不成钢的声音，他虽然嘴上不饶人，但话语间却是满满的担忧。

听到他的声音，我的眼睛蒙上一层水汽，鼻子泛起酸来。我抱住了他,忘记了疼痛,在他怀中轻声唤道:"维路希,我以为再也见不到你了!呜呜……"

维路希蹙眉:"别哭了,你流了很多血,先省点儿力气。"

我端详着维路希精致立体的五官,完美得不可挑剔的俊美面容,满足的微笑爬上我的唇边,幸福的感觉包围着我,我悄悄地闭上了眼睛,耳边只剩下维路希急切担忧的声音。

如果我就这样死了,请所有关心我的人不要伤心,因为至少现在……我是很快乐的。能在人生结束的那一刻见到你,我已经心满意足了……

第五章 图书馆的小发现

我小心翼翼地试探:"那么,我们以后还会是好朋友吧?"

"当然,跟乞丐小姐成为朋友可是会提升我的魅力的。"他还是那副嬉皮笑脸的模样。

我问他为什么。

他说这样大家都会认为他很善良,居然会和乞丐交朋友。

Vol.1

我沦陷在一望无际的黑暗之中。

到处都是无尽的黑，除了黑便没有了其他的色彩，似乎连我也被染成黑色了。可是，在这种阴森的氛围中，我竟感觉到一股温暖，就像是清爽的春风一般抚平了我不安的情绪。

我安心地任由黑暗把自己吞噬，沉醉在了一个漫长而美妙的梦境里……

金色的阳光照亮了整座麦高唯亚山，树叶在风中摇曳着碧绿的身姿，犹如窈窕淑女那美丽的裙摆。

古老的钟塔依旧屹立不倒，稳重深沉的钟声传遍涟漪国的每个角落，仿佛象征着涟漪国悠远的历史文明。

"希，我们到海边散步吧，海浪的声音很好听呢，海风也很舒服……"女孩披着乌黑亮丽的长发，稚气十足的脸蛋撒娇似的凑到男孩面前，水灵的大眼睛映出了男孩泛红的精致面孔。

男孩羞答答地点了点头，小手不安分地握住女孩白皙的手，最后十指紧扣。女孩的脸上洋溢着甜蜜的笑容，比阳光还要灿烂。

"我……我们，呃……"男孩的脸红得像熟透的苹果，粉嫩的嘴唇动了动却又尴尬地什么也说不出。

"放心，我会一直陪着你，一定不会离开你的哦。但你也不能离开我，知道吗？"女孩似乎读懂了男孩的心思，脸上的笑容更加活泼了些，她就像是一个无忧无虑的小精灵，嘴角总会浮现出一抹让人舒心的笑意。

"嗯。"男孩嘴角上扬成温馨的弧度，眼角也弯成了好看的月牙形。

两排小小的脚印在沙滩上被阳光照得金光闪闪，海浪追赶着涌上岸边，打湿了这些脚印，把它们卷入时光的海洋中。

"影儿？"我艰难地睁开眼睛，刺眼的光线使我不得不立刻眯起眼睛。映入我视线的，是一双如同冰窖般的琥珀色眸子。

"这里是哪里呢？刚才我到底怎么了？啊！"我疑惑地望着凉辰依旧冷漠的表情，想要坐起来，背后却传来一阵疼痛，扯痛了我的肌肤。

凉辰突然心痛地抱住了我，温和的嗓音自我头顶传入耳中："伤口一定很痛吧，先不要动了，好吗？……你已经昏睡了三天三夜，吓死我了。"

对了！我都记起来了。刚才我被怪兽伤到了后背，是维路希救了我。

我一动不动地偎依在凉辰的怀中，感受到他内心的惊慌，不知道该说些什么。

"凉辰，对不起，害你担心了这么久。"

"影儿，是我的错，是我没能保护好你呢……"凉辰忧心忡忡地看着我，脸上依然冷冰冰的没有任何表情，但眉目间都是满满的愧疚。

我笑着摇了摇头，即使背后的伤很痛，可我都能忍着，因为有关心我的人，我不再是自己一个人了。

你说对吧，Shadow？

"对了，这里究竟是……"

我还没有说完，凉辰就打断了我的话。他的眉头微蹙着："这里是麦高唯亚山主峰上的钟塔内。"

这里就是那座遥不可及的钟塔吗？我们怎么会来到了这里？

"维路希呢？"我迫不及待地问道。

凉辰放开了我，别过脸避过我紧张的目光："是那个救你的人吧？他在外面，不过现在外面在下大雨，你身上还有伤，不宜出去。"

"我想跟他道个谢。"我摇摇头，忍着背后的剧痛掀开盖在身上的被子，跟跄着从床上下来，好在凉辰在一旁搀扶，要不然肯定会摔倒在地。

"你还是乖乖在这里等他回来吧。"凉辰的眉头拧成疙瘩，俊秀的眉毛打起结来。

我深深吸了口气，尽力挺直了背，伤口火辣辣的疼痛蔓延至全身，但我却怕凉辰担心不敢呻吟，只能强颜欢笑地推开了他搀扶的手，咬紧牙关，一步一步朝门口走去。

"放心，我没事的，不管怎样都应该第一时间去说声谢谢的。"不知道为什么我居然有勇气忍着痛去找维路希，我只知道现在非常想见到他，想让他不要再担心我。

也许这就证明了一些事情吧，可是我还是不肯去相信而已。

第五章 图书馆的小发现

"我陪你去吧。"凉辰知道阻止不了我,只能陪我一起疯。

"你别担心,我去去就回。"我拦住了凉辰,"你在这里等我回来,好吗?"

凉辰知道我去意已决,只能妥协:"好吧,那你小心一些,快点儿回来。"

我"嗯"了一声,打开门走了出去,伤口不小心被扯痛了,我咬着唇忍住泪水。

铅色的乌云覆盖着天空,雨点儿如细针一般从天而降,在地上溅起无数朵凄凉的花儿。怒吼的风撩动着我的发丝,我单薄的衣服在猛烈的狂风下被吹得鼓鼓的,热辣辣的痛楚与寒冷结合起来侵蚀着我的感觉神经。

我舔了舔惨白的嘴唇,四处张望,寻找着那抹熟悉的身影。终于,我在这场大雨中,隐约地看见了维路希顾长的身影。

我隔着朦胧雾气大声地呼叫他的名字,冰冷的风吹击着我背后的伤口,我的身体不由得颤抖起来。

也许是响亮的雨声淹没了我微弱的叫喊声,维路希并没有转过头来看我,而是一动不动地望向远处波涛汹涌的大海!

这大概与我们初次见面的那片大海是连通的⋯⋯第一次见到维路希时,他就在全神贯注地注视着暗藏汹涌的大海。

难道在这片海还有另一个属于他的故事?

我忽然想起了刚才的那个梦,梦境中也是同样的大海,难道这跟他有什么联系吗?

我失神地凝望着迷蒙凄凉的雨,灰色的天空似乎压得更低了,满眼萧条。

后背的伤口硬生生地疼,我下定决心,冲入了这场来势汹汹的大雨。雨水冲刷着我衣服上的血迹,打在白皙的肌肤上,一阵寒凉刺骨的感觉从伤口传来,我的眼泪夺眶而出。

就让我哭一场吧,我决定要坚强了!

在这个陌生的小岛上,我经历了太多的事情,我大概已经改变了不少,至少也应该长大了。我不要再做不懂事的小孩子,我不要再让关心我的人为我担忧,我也不要再伤害任何爱我的人。

我要学会保护好自己!

冰凉的雨水打在脸上,已分不清哪些是雨珠哪些是眼泪了,但我却还是想要哭。就这样能不能把所有的眼泪都逼出来呢?我真的不想要再哭了啊,我想要成为像Shadow一样坚强的女孩。

其实Shadow不就是我吗?我分明可以成为她的。

Vol.2

"……乞丐小姐?"维路希终于发现了在雨中大哭的我,吃惊地大叫了一声,却没有向我跑来。

我停在原地注视着他,我们就这样隔着一场凄凉的大雨对望着,看到他没有上前将我拉到他的身边,我的眼泪似乎更加肆无忌惮了,而天上的雨也更大了,豆大的雨点打在我的伤口上,一种难以言喻的痛楚蔓延至我的全身,深入我的骨髓。

我的眼泪在颤抖,身体在颤抖,心也在颤抖,灰黑的乌云就像是狰狞狡猾的野兽,变幻出无数种形状直压向我们。

"快点儿回去吧,淋雨会感冒的。"维路希并没有想要回来拉我的意思,他只是双手环绕在胸前,倚靠着一处山壁凝视着我,他的头顶上有一块突出的石头为他遮风挡雨,以至于他并没有被雨淋到,可溅起的水花还是沾湿了他的裤管。

第五章 图书馆的小发现

"你也跟我一起回去吧。"

我在雨中用尽全力地大叫,灵魂仿佛要抽离肉体,后背的伤口因为过于用力裂开了,雨水渗入血淋淋的伤口,身体上的痛楚不断加倍,我就快要痛昏过去了。血液争先恐后地从伤口涌出,混合着雨水坠落在地上,在山石间静静流淌着。

"你快回去,伤口裂开了!"

维路希察觉到地上触目惊心的血液,有点儿生气地朝我嚷嚷道,神圣不可亵渎的眼中闪烁着我读不懂的情感。担忧?痛心?无奈?气愤?……过多的情绪让他显得如此难以捉摸,他似乎离我那样遥远。

我痛苦难忍,跪倒在地上,嘴唇被牙齿咬得毫无血色,雨水顺着我湿透了的发丝流下,滴落在地上,我低着头,伤口的痛像是一种腐蚀身心的蛊。

维路希最终还是向这个倔强的我跑了过来,他半蹲在我的身旁,为我拭去脸上的雨珠,把我湿漉漉的头发绾起。我不敢正视他那双似乎能读懂人心的眸子,而他的目光却咄咄逼人,让我乱跳的心无处遁形。

"你是笨蛋吗?身上有伤还要出来!现在下着雨,如果感染发炎了怎么办?"他似乎有点儿担心,又有点儿生气,可我却忽然大胆地抱住了他,就像上次在蒲公英田那样,义无反顾地豁出去似的紧紧抱着他。

"我知道!我什么都知道……可是我还是想要出来见见你。"我们的衣服都被大雨淋湿了,我的脸贴在他单薄的衣服上,清晰地感受到来自他身上的关心与温暖,属于他独特的气息也依然浓烈。我的心忐忑不安地跳动着,然而它又似乎在开花,有种少女的悸动在生成。

"大白痴！见到我又怎样了？难道你就这么不爱惜自己的身体吗？"他咬着牙推开了几乎要陶醉在那份悸动中的我，恶狠狠地盯着脸色惨白的我。

我的泪水一发不可收拾，如决堤般从眼眶奔涌而出。

"你还不明白吗？我喜欢你！我……我……"

啊！我刚才到底说什么了？我是怎么了？我居然跟维路希说我喜欢他？我……

"你说什么？"维路希退后了几步，不敢相信地睁大眼睛看着我，如大海般的蔚蓝色长发在大雨中安静地贴在他的身后，他脖子上那朵艳丽的"花儿"一次次地被雨水冲刷着，分外妖娆。

"我……我……"

我怎么会说出那样的话来呢？我……明知道不会得到任何回应。

"抱歉，影儿。我对你没有那种感情，一直以来我只把你当作妹妹看待，现在的我根本没有资格喜欢任何人。"

维路希转过身，留下这样一句话后消失在朦胧凄惨的大雨中，他的背影被雨雾淹没，越来越模糊，我的视线也逐渐模糊。混杂着雨水的眼泪流到我的唇上，渗入嘴中，原来……原来它是那样咸，咸得如此苦涩。

事情就这样完结了吗？就这样不负责任地画上句号？呵呵，真可笑呢……我的恋情，在发现后被无情地抹杀掉了，它破灭得不费吹灰之力，就像风雨中的泡沫。

好辛苦！全身都像有火在燃烧着，连呼吸也如此困难……我会不会就这样消失在这个世界上呢？

"影儿，你总算醒过来了。"我的手似乎被人紧握住了，一股温热从指间传入体内，给予我莫大的勇气。

我缓缓睁开眼睛，映入眼帘的人是华朵啦。

"……"我想要呼唤她的名字，可嗓子却痛得无法说出一句话。

我捂着脖子痛苦地在床上颤抖，可背后的伤口却又剧痛起来，我痛得几乎要落泪了，然而眼睛有种干涩的感觉，没有一滴泪水涌出来。

"别说话了，好好休息。" 华朵啦叹了口气，坐在我的床沿，小心翼翼地为我重新盖好被子，"刚看到凉辰把你抱回来的时候真担心死我了，受了这么重的伤还到外面淋雨，现在还发烧了。你高烧不退，昏迷了整整五天，我真的很害怕就这样失去你这个朋友。"

华朵啦抱住了我，低声呜咽，眼角闪烁着泪光。我眉头微皱，艰难地伸出手为她拭去眼角的泪水，嘴角勉强扯动了一下。

之前发生了什么事情呢？我只记得头突然像是要爆炸一般痛起来，然后就失去了知觉。是凉辰救了我？还把我送回到城堡？那维路希呢？他又去了哪里？

我还依稀记得自己在大雨中向维路希表明心意，却被他无情地拒绝了。自己真的很傻，明知道他不会喜欢上我的啊。我又不漂亮，又不勇敢，还经常哭鼻子，跟他吵架，他怎么可能会喜欢我呢。

"影儿……影儿……"我听到了不远处轻声的呢喃，关切，温柔。

我疑惑地看向华朵啦。

"那个带你回来的凉辰这几天不眠不休地照顾你,大概是太累所以睡着了,知道你醒过来,他一定很开心。"

华朵啦凝视着蜷缩在沙发上的凉辰,嘴角露出了一抹秀气高雅的笑意。

原来到最后还是友谊能让人走出痛苦,有他们这样的朋友,我应该感到幸福,不要再去想这么多了。也许,现在去跟维路希道歉,我们还能做回朋友吧。

华朵啦神秘兮兮地凑过来,脸上掠过一丝狡黠:"影儿,你要很认真地回答我一个问题哦。你只需要摇头或者点头,不要说话。"

我虽然不想答应,可看见华朵啦那好奇宝宝般的表情,也只好点头。对美女我完全没有免疫力,特别是华朵啦。

"你要好好想清楚哦。嘿嘿,你喜欢凉辰吗?男女朋友的那种喜欢。"

凉辰?我怎么可能会喜欢上他呢?虽然他很俊朗,虽然他让我感受到温馨,虽然他对我很好,可是我对他的感情只不过是好朋友,最多也只是对哥哥的感情。

我……我喜欢的是那个经常捉弄我,经常嘲笑我,可是偶尔还会帮助我,把我从黑暗中拉上来的人……可是那个人却不喜欢我……

我坚定地摇头。

"影儿,你真的要仔细想好哦。对他真的没有那种感情吗?"华朵啦似乎紧张了起来,眼角还不忘朝身后的凉辰瞟去。

第五章 图书馆的小发现

我想也不想地就点头,忍着嗓子的痛楚,用极其沙哑的声音对华朵啦说道:"我对凉辰……只是对很好的……朋友的那种感情……"

"所以,你喜欢的是那个害你伤心的人,对吗?"

原本还在沙发上睡着的凉辰突然站了起来,他的声音压得很低。我看到凉辰的眼睛,是冰窖般的琥珀色,似乎能使四周的事物结上冰霜。

凉辰什么时候醒的?我跟华朵啦的谈话……他都听到了吗?而且,他似乎知道了我喜欢维路希的事情?事情变得越来越糟糕了。

"凉辰……你……"我想要跟他好好解释,可嗓子传来的疼痛再次让我无法说话,我伸出手想要去拉住他,他却只是淡淡地看了我一眼,离开了房间。

我的心咯噔了一下。

"对不起,影儿……我不知道事情会变成这样……对不起,对不起。"华朵啦不知所措地向我道歉。

我摇了摇头:"没事,这不是你的错。"

要发生的事情终究会发生,我又何必去责怪谁呢,大家都没有错。

Vol.3

凉辰离开后就再也没有回来,不知道他现在到哪里去了。不过这样也好,就让他冷静一下吧,也许这样对谁都是一件好事。

其实刚开始我不明白为什么凉辰听到我和华朵啦的对话后会产生如此大的反应,在华朵啦的再三暗示下,我才明白了,原来凉辰喜欢上我了。而我一直以为他对我的喜欢是对最好朋友的关心,他是担心我被维路希伤害而已。

　　我的伤也渐渐在华朵啦的照顾下康复了,一个月不见天日可让我难受死了。我还因此错过了涟漪国最热闹的节日,真是让人气恼。

　　转眼间半年就这样过去了,我离开故乡来到这个陌生的小岛已经一年了,时间过得真快,就这样匆匆地从我的指间溜走了,我却无能为力。

　　养伤的这一个月里,我没有见到过维路希的身影,我还没有向他好好道歉。我想我的突然表白,给他造成了不少烦恼吧,等有机会见到他我一定要向他道歉。

　　"影儿,你快点儿去换衣服啦,颁奖典礼就要开始了。"华朵啦把几件可爱的小礼服扔向我,正巧砸到了我的脑袋,我不满地瞪她一眼。

　　换好礼服后,我便跟随着女仆们来到城堡的大堂。这大堂还真够气派!金灿灿的地板刺痛了我的眼睛,光滑的大理石柱子上雕刻着玲珑剔透的图腾,闪耀着明亮光芒的水晶大吊灯把偌大的大堂衬托得金碧辉煌。

　　"哇……"我的眼睛中映着的全是金色的光彩,心中不由得感慨万分。

　　"影儿,你别在这里发呆了,快过来。就快到你领奖咯!嘻嘻。" 华朵啦在我快要对着大堂流口水的关键时刻出来了,她挽着我的手,把我拉到一旁的座位上坐下。

　　"领奖?我根本就没有带回来任何猎物啊。"

　　就在我还在诧异不已的时候,台上的主持人叫到了我的名字,我惊讶地从座位上跳了起来，引得附近一片嬉笑。

难以置信，我居然听到……主持人刚才真切地说出了一句让我震惊的话："月影儿小姐，本次比赛的冠军，掌声有请她上来领奖！"

主持人的声音在空阔的大堂内久久回荡，我的瞳仁猛地放大。

观众们都兴高采烈地为我鼓掌，整个富丽堂皇的大堂弥漫着喜气洋洋的气氛，热烈的掌声响彻了每个角落。

我一步一步地踏上了延伸至颁奖台的红地毯，一脸懵懂，嘴角却不得不微微上扬，朝台下的人露出微笑。

主持人继续笑容满面地说道："现在有请我们最尊敬的华伊澈殿下为冠军颁奖！"

又是一阵此起彼伏的掌声。我看着慢步走上颁奖台的人瞪大了眼睛，嘴巴张得几乎可以塞进一个鸡蛋。

如月光般银白色的发丝张牙舞爪地在风中抖动，眉宇间毫无顾忌地显露着桀骜不羁，妩媚的单凤眼锐利且摄人心魄，如雕刻般的挺秀鼻子下是两片如花瓣般妖娆的唇，身上散发着皇者高傲尊贵的气息……

美得惊心动魄。

他就是华伊澈殿下？那个华朵啦口中飘忽不定、来去无踪的王子殿下？为什么会让我觉得眼熟呢？好像在哪里见过……

只见他挑了挑眉，微笑道："没想到居然是你，月影儿。快点儿感谢我吧。"

"为什么要感谢你？"我谨慎地退了一步。

华伊澈妩媚的单凤眼危险地一眯，嘴角噙着一丝笑意，他如花瓣般的双唇上下动了动："你真不打算感谢我？是我把你带进城堡的哦。"

"你……你是……"我想起来了，他是半年前把我带进城堡的人，那个穿着高贵的红色军装、以我衣冠不整影响市容为由把我关进牢房的人！这个人居然就是王子殿下！

"想起来了？呵呵，我越来越欣赏你了呢，这次表现得很好。"华伊澈爽朗地笑着，伸手把我拉到身旁，霸道地搂着我的腰。我们紧紧地挨在一起，只隔着两层单薄的礼服，他的气息非常炽热，几乎能把我融化。

这时，一位美丽大方的司仪小姐捧着一个小盒子从台下走了上来。

华伊澈打开小盒子，银色的光辉从盒子中射出，与大堂的金色相互交映。等眼睛适应银光后，我看清了，在那个小盒子中，一串银色的头饰安静地躺在里面。

那是一串精美的银色头饰，上面雕刻着许多精致繁复的花纹，中间还镶嵌着几颗如星辰般的钻石。

"好漂亮啊！她真幸运。"台下喧哗一片，大家都用羡慕的眼神看着台上惊呆了的我。

华伊澈满意地看着我陷入了震惊之中，白皙修长的手指拿起盒子中的头饰为我戴上。他温柔儒雅的举止引起了台下无数女生的尖叫，我感觉到自己脸上的那份灼热，心里像是藏了一只淘气的小兔子一般跳个不停。

"从现在开始，我们涟漪国正式承认这位流浪者，她将成为我们的贵宾，并赋予进入爱尔加特贵族学院的资格。"华伊澈的声音有种王者般的威严，让人不禁产生敬畏之情。果然不愧是王子殿下呢，气质就是跟其他人不同。

我……我真的是冠军吗？总有种不真切的感觉。

不过，维路希，我们的承诺我做到了呢，我真的靠自己的能力得到涟漪国所有人的承认了！

我的脸上洋溢着一种苦尽甘来的幸福，嘴角上扬出甜美的弧度，澄清灵动的双眸溢满了笑意。

"恭喜你哦，影儿！" 华朵啦朝我甜甜一笑，迷晕了台下一片男生。华朵啦的魅力无人能挡啊。

我朝华朵啦比画了一个胜利的手势，眼角正好瞟到了一个倚靠着大理石柱子的熟悉身影。

是维路希！原来他一直都在默默地注视着我，想到这儿，我的脸渐渐有些发烫。

好不容易熬过了复杂的礼节，颁奖仪式也算是落下了帷幕，一天就这样过去了。

再次走出大堂，夕阳已经落到了山腰，麦高唯亚山的树木都披上了一层淡淡的橘红色，远处的钟塔依旧我行我素地发出洪亮的声响。

我四处张望，终于寻找到了那抹熟悉的身影，他的背影在夕阳的照耀下显出一点儿凄美。

我静悄悄地朝他跑去，就在我快要叫出他的名字时，他却蓦然转过身，我吓了一跳，差点儿就要撞到他身上。

"找我有什么事情吗？" 维路希不可挑剔的俊美面容在夕阳的余晖下更加好看了，脖子上淡红色的胎记犹如一个小太阳闪耀光芒。

"那个……"我红着脸低下了头，心里不断提醒自己一定要道歉，可是声音像是卡在嗓子里一样，总说不出一句话。

"上次的事……对不起。"维路希别过脸轻声说道，声音缥缈得似乎风一吹就会飘散。

我诧异地抬头看着他被橘红色的光辉染得有点儿泛红的侧脸。他的侧脸被光晕染得有些模糊，可轮廓依旧完美，像是镶上了一层光边。

他继续说道："上次我有些过分了，可是我真的……真的不能接受你的心意……对不起。"

我用力地摇了摇头，嘴角上扬起一抹释怀的微笑。

"其实是我不对，那天突然说出那样的话，说对不起的应该是我呢，呵呵。"我知道他是不会喜欢我这样的人的，也许在他内心的最深处，早就为某个女孩保留了一个最神圣的位置，谁也无法代替。

"谢谢。"维路希的笑犹如春天的阳光，灿烂得让人难以移开目光。只要他幸福，我就会开心的。即使给他带来幸福的人不是我……

"那么，我们以后还会是好朋友吧？"

"当然，跟乞丐小姐成为朋友可是会提升我魅力的哦。"

"为什么？"

"这样大家都会认为我很善良啊，你看看哪个人会跟脏兮兮的乞丐成为朋友呢？"

"维路希！你才脏兮兮呢！"

"乞丐小姐……你什么时候变得这样英勇了，居然来攻击我！好痛！看来是痊愈了！哇啊……"

就这样，我和维路希又恢复了从前一见面就吵嘴的相处方式，关于喜欢不喜欢这些事儿，暂且不去想吧。

只要见到自己喜欢的人快乐，自己也会由衷地感到快乐的，不是吗？

和维路希告别后，我去了华朵啦的卧室，找她询问这次比赛冠军的事情。按理说，自我介绍环节我的分数最低，这次狩猎我也没拿回来战利品……

难道真的是走了后门？

华朵啦扑哧一笑："实际上也的确是走了后门呢，本来比赛是两天结束的，但你第三天才被人扛了回来，严重超时了。但这次狩猎，你打倒了异兽，评委会决定破格承认你的成绩。"

我……打倒了异兽？怎么可能？我明明昏迷了。

"是我，"Shadow默默地回答了我的问题，"你昏迷以后，我暂用了你的身体。"

"……"

原来到头来，我并不是凭自己的能力拿到冠军的。

Vol.4

门口几个金灿灿的大字——"爱尔加特学院"，温和的阳光把这六个大字照得闪闪发亮。

黑色的围墙，庄严肃穆；彩色的栏杆，装点出生机和活泼；小路两旁紫色的长杆路灯，幽静神秘；还有小路中央那用水晶雕成的"白天鹅"，闪亮亮的，晶莹剔透。

"白天鹅"四周被水包围着，周边水雾缭绕。水晶蓝的教学楼散发出深邃的气息……

这里就是爱尔加特学院吗？不愧是公主王子专属的贵族学院，

好漂亮。

　　真羡慕华朵啦他们，每天都能在这个犹如童话王国般的学院学习，虽然我以前的学校也是贵族学院，可是跟爱尔加特学院一比，根本难登大雅之堂。

　　不过现在可不是欣赏风景的时候，我还要到图书馆查资料。虽然能进入爱尔加特学院读书很是偶然，可是这也许是上天的安排，让我能从中调查出什么，尽快找到神秘人的后代。

　　兜兜转转半年就这样过去了，我经历了许多刻骨铭心的事情，人也长大了不少，但对于漂流到这个涟漪国的最初原因我还是记得的。

　　我要找到神秘人的后代，完成这个任务后才能回家，离开这个曾带给我无限幸福的涟漪国，跟大家告别。

　　"这十字剑是没有什么特别，重点在于上面镶嵌着的金绿猫眼宝石……斯里兰卡的特拉纳布拉和高尔等地是最富产金绿猫眼宝石的地方，而那些地方都离这里很遥远，因此理所当然的，在这个岛屿上的金绿猫眼宝石少之又少，而大多的宝石都会在权力高的人手中。"

　　我还依稀记得在监牢时，中年女人所讲的有关金绿猫眼宝石的事情，那么首先就从爱尔加特学院历史悠久的图书馆开始找线索吧。

　　"乞丐小姐，你急急忙忙的是要赶着去投胎吗？"能说出这样损人不留情的话，想也不用想就能知道是谁了吧？当然就是我们的维路希先生。

第五章 图书馆的小发现

他的身体沐浴在耀眼的阳光下,干净的白色衬衫衣袂飘飘,大海般蔚蓝的长发如瀑布般倾泻腰间,碧蓝的天空成了他的背景。

我嘻嘻一笑,得意道:"我要去图书馆。"

"噗,你什么时候变得这么好学了?"维路希笑起来的时候眼角会弯成月牙形,嘴角微微上扬成美好的弧度,给人非常惬意舒服的感觉。

"我本来就很好学啊。"我朝维路希做了个鬼脸,转身就要离开。

"等下……"

维路希拉住了我的手,我停下了脚步,慌张地从他温暖的手心中缩回了手,心怦怦地跳个不停,脸颊在发烧。我尽量在动作上表现得自然,我可不想让他看出什么端倪。

然而他的下一句话让我差点儿崩溃……

"你认识去图书馆的路吗?"

呃……我怎么可能认识啊,我才到这里一天而已。而且我是个路痴,说不定等一会儿就要迷路了。

维路希看到我傻掉了的模样,抿着嘴唇偷笑,然后很有义气似的说道:"唉,果然是大傻瓜。我勉为其难带你去图书馆吧。"

我就这样傻傻地跟在维路希身后,朝图书馆的方向前进。白色的阳光把我们的影子拉长,投在地上,紧紧地依靠在一起……这两个紧挨着的影子,真的好幸福,我竟有些羡慕它们了。

"你要找什么资料呢?这里的书很齐全,不过你不要乱跑,前面小房间里的是禁止阅读的。"维路希伸出修长的手指,指了指图书馆尽头的一扇木门。

木门是紧关着的，上面写着"禁止阅读"四个字，门把上落有一层薄薄的灰尘，大概已经很久没有人打开过了。

"有没有关于十字剑手链的资料呢？"我从书架上随便挑了几本书，大致地翻了翻。

"这个我也不清楚了，不过谁让我热心肠呢，姑且帮你一起找找看吧。不过你找这些资料做什么？"维路希将目光落在书架上。

"我想找一个人，但是不知道从何入手，所以来找找信息。"

之后的几天，我们都会一起在图书馆查找资料，不知不觉地，我们已经翻看了大半个图书馆的书。可努力并不一定有成果。

看得眼睛都酸了，可翻过的书都跟十字剑扯不上半点儿关系！好在维路希一直陪伴着我，要不然我早就放弃继续查找下去了。

有维路希的地方我就感到幸福，可能他就是我命中注定会出现的天使，虽然时而会显露出可恶的一面，但一想到他，我就会感到愉悦。

真希望时间停留在这一刻，让我好好感受维路希陪伴在我身边的幸福。

我放下手中的书，伸了个懒腰准备站起来把书本放回原位，但是双脚都已经麻木了，害我差点儿摔倒在地，好在维路希伸手扶住了我。

"你看看这一段话，好像就是关于十字剑的吧……这里跟剑相关的书我们都看过了，就只有这段话是描写十字剑的。"维路希把手中的书递给了我，把麻木了的我扶到座位上。

"十字剑是涟漪国最神圣的物品，是荣誉的象征，而镶嵌有金绿猫眼宝石的十字剑更是皇族的最高荣誉。涟漪国国君曾颁发过两对十字剑，但是关于颁发给何许人就不得而知了。"这到底算是什么资料嘛！居然如此不负责任地说不得而知，真是可恶。

"我觉得你还是不要再查下去了比较好。"维路希担忧地瞟了我一眼，收拾好书本把它们放回原来的地方。

我抬起头看他："为什么？"

"你还不明白吗？既然书上这样记载，那就说明这些资料可能是国家机密，不是我们可以随便查到的。"

"可是……可是……"

可是如果查不到关于十字剑的资料，我怎么才能找到神秘人的后代呢？那我要怎么回家啊？

"走吧，已经很晚了，看来等一下还得翻墙出去。"维路希扶起我，离开了图书馆。

我不舍地回头看了看被月光照亮了的图书馆，心里总是不服气。目光触及那扇封闭的木门，"禁止阅读"这四个字触动了我的好奇心。

里面究竟有什么神秘的东西呢？真想进去看看……或许会找到一点儿关于十字剑的蛛丝马迹也说不定吧。

有机会我一定要瞧瞧那个禁止阅读的小房间里究竟摆放着什么东西。

第六章 原始森林冒险记

在我眼前的，竟是一只手拿火把的大猩猩！不，应该是人猿。这里不仅拥有原始时代的树木，而且还居住着古代人猿。

Vol.1

爱尔加特学院的老师们严格且无趣,我在这里待了一段时间后,脑子更加不灵光了。

原来贵族学院也不是好读的,华朵啦和维路希每天都要接受这种一级摧残。我终于明白,顽强的意志力是从水深火热之中锻炼出来的。

今天,我继续受催眠老师的摧残,几度昏昏欲睡,想要掉进甜美的梦乡,要不是"十恶不赦"的维路希不断地阻挠,我早就两脚一伸睡过去了。

夏天不知不觉地占据了春天的位置,初夏的风带着湿润的水汽吹走了春天和煦的阳光,知了的鸣叫也渐渐从草地上蔓延开来,整个爱尔加特学院都弥漫着一种懒散微热的气氛。

夏天果真是个让人嗜睡的季节,别看我端端正正地坐在椅子上,其实是用竖立在书桌上的书本遮住了整张脸,脑袋都快要贴到桌面了。

"哎呀!"不知道是哪个浑蛋居然用纸团扔我,还正中后脑勺儿!好在这是一个轻飘飘的纸团,要换成是砖块我不早没命了?

第六章 原始森林冒险记

我眼中闪烁着凶光，目光环绕教室一扫，赫然看见吊儿郎当地笑个不停的维路希朝我做了个得意的手势。

又是他！他已经不止一次扰我清梦了。大坏蛋！就算他睡不着也不应该用纸团扔我，打扰我睡觉啊。

维路希无视我杀人的眼神，指了指刚才打到我脑袋的凶器，示意我拾起来打开……

"乞丐小姐，请认真听课！别怪我不提醒你，等一下老师会宣布一件让你激动不已的事情。"

激动不已？喊，我就听听有什么能让我激动的事情，如果什么都没有说，那维路希就死翘翘了，我一定不会放过任何一个打扰我睡觉的人！

于是，我专心致志地听着有"催眠大师"之称的班主任所上的大半节课，准备听听到底有什么能让我激动不已的事情。

时间一点儿一点儿过去，但是班主任还是在讲课，直到下课铃声响起，还是什么特别的事情也没有说，我的心中逐渐燃起了一团火苗。

该死的维路希，欺骗我的感情！呜，亏我还熬了大半节课。

谁知道我正在心中把维路希诅咒了几千万次之时，班主任终于拍案而起，那犹如鸭子般的嗓音让在座的同学都不禁打了冷战。

"咳咳……大家都知道，现在已经是初夏了，天气逐渐转热……（以下省略无数句形容夏天天气的话语）我们学院打算到原始森林避暑，当然，全部费用都由国家承担，大家可以尽情享受在原始森林度假村的所有设施。"班主任绕了多个弯终于说到重点了，他扶了扶鼻梁上的眼镜，从讲台上拿起一瓶矿泉水就往嘴里狂灌。

避暑？原始森林度假村？哇哇哇！好像很有趣的样子，而且最重要的是，我终于不用再听老师们啰唆，终于可以在涟漪国自由玩乐了！

原来维路希刚才所说的让我激动不已的事情就是这一件！

班主任喝完整瓶矿泉水后继续说下去："然后，我今天要向大家介绍一个新的同学，咳咳……凉辰同学，麻烦进来一下。"班主任说话的同时还配上动作，将手指指向教室门口，全班同学的目光也跟着移动。

门口飞过一群黑压压的乌鸦，却不见一个人影……刚才还笑容满面的班主任石化地站着，尴尬的笑容僵在脸上。

"哈哈哈哈……"从教室的窗户爆发出一阵笑声，惊起了树上停留着的小鸟，打破了爱尔加特学院的宁静安详。

然而，这种喜气洋洋的气氛维持没多久，就被门前慢慢清晰的颀长身影吓呆了，胆子比较小的人全都缩到角落胆怯地凝视着门口忽然出现的绝美男生。

细碎光滑的及肩茶色头发，坚毅的轮廓在夏日微热的阳光下并没有要柔和的征兆，淡漠的脸上没有一丝情感，如同冰窖般的琥珀色眸子淡漠地扫视着教室里吓得没有了动作的学生，泛白的淡红色嘴唇紧紧抿着。

"好漂亮的男生啊！"一个坐在离门口最近的女生看着突然出现且面无表情的凉辰许久，终于怀着恐惧又兴奋的心情昏迷过去了。

"凉……凉辰同学……你刚才是……"班主任的双脚也开始发抖。

凉辰依旧一张扑克牌脸，淡红色双唇微微动了动："隐身术。"

凉辰此话一出，全体女生一致冒出桃心眼，目光满是柔情似水的崇拜，连刚才晕厥过去的女生也立刻从地上爬起来，对着酷酷的凉辰流口水。

"忍者耶！凉辰同学居然会隐身术，好厉害哦……"

"凉辰同学，刚才真不好意思，是我们见识浅薄。"

"凉辰同学，能不能跟你交个朋友？"

"凉辰同学，你可以教我隐身术吗？"

"凉辰……"

同学们完全无视了台上欲言又止的班主任，大家都围着新来的凉辰打转，不过都碍于他身上散发出的寒冷之气，不敢靠他太近，而维路希则不满地嘟起嘴巴，不服气地哼哼着。

大概是凉辰的光芒把他比下去了吧，呵呵，看来他的爱尔加特学院的第一人气是保不住咯。

"不行。"凉辰冷冷地从嘴巴中吐出两个字，毫不理会周围热情的学生，径直向托着腮的维路希走去，他走过的地方都似乎要结出冰块，连我也忍不住哆嗦起来。

"好久不见。"凉辰向维路希表示友好地伸出了手。

维路希犹豫了一阵，最终还是不情不愿地在众人灼热的目光下伸出了手。两手相握间似乎摩擦出火光，四目对视，两股无形的强大气流不相上下地对撞。

良久，他们的手分开了，但两股气流依旧在空气中挥之不去，同学们都只能干瞪眼注视着表面上友好的两个人，大气也不敢喘。

"好了，大家快点儿坐好准备继续上课。还要记得的是，回去一定要准备好自己的东西，下周二就要开始我们的原始森林度假之旅了。"

拜托！催眠大师，你也太唠叨了吧，简直比莱尔女士还要让人心烦！真想冲上去揍他一顿。

Vol.2

由于周二要出发到原始森林，所以周一爱尔加特学院全员休息一天，准备旅游的行李。

放假一天，我也是闲着无聊。图书馆的书都已经看完了，却一无所获，我现在没有任何线索，不知下一步到底该做什么。

突然，我想起了图书馆那扇"禁止阅读"的门。现在的爱尔加特学院应该没什么人，偷偷潜入也许不是难事。我思忖了一阵，决定夜晚行事。

圆盘般的月亮高高地挂在漆黑的天空上，明亮的月光洒落在大地上，万物都披上了一层淡雅的银色。幽静的图书馆被洁白的银色照得闪闪发亮，尤其是那扇铺上尘埃的木门，上面四个"禁止阅读"的字闪耀着诡异的光辉。风撩起白色的窗帘，为图书馆带来一阵清爽，但又增添了不少怪异。

我环视着只有我一个人的图书馆，忍不住打了个冷战，似乎连拂过肌肤的风也让人莫名惊悚。

这幽深寂静的气氛还真够吓人的，配上窗外树枝的影子，让人不禁联想到了某些恐怖电影的画面。

呜呜……不要自己吓自己了，还是正事要紧，不要在这里磨蹭了。

这时的我摇身一变，换上了黑色的紧身夜行衣，脸上套上了一副黑色的面具，整个人潜伏在黑暗当中，就像是劫富济贫的女侠。

第六章 原始森林冒险记

我敏捷地避开重重安保系统，顺利进入了爱尔加特学院的图书馆。哈哈，其实靠我一个人的能力是不可能的啦，在行动前我就已经呼唤出身手敏捷的Shadow，以她的身手，当然就不会露出一点儿蛛丝马迹了。

现在的我正坐在被水包围着的小块儿地面上，从水中观察着外面的动静，而Shadow就代替了我，暂时使用我的身体。

"Shadow，你好厉害哦，真的进来了啊！"我兴奋地鼓起掌来，就差没跳起舞庆祝了。

Shadow果然是最棒的，如果有一天我也能变成像她一样厉害就好了。拜托，我在胡思乱想什么啊？Shadow不就是我吗？我肯定会变成像她一样的!

Shadow被我夸得不好意思，只是捂着嘴巴害羞地笑个不停："呵呵，影儿，你确定真的要进去吗？"

"当然，我要找到关于十字剑的资料，我的第六感告诉我这里面会找到线索。"

Shadow点了点头，默不作声地走到木门前面，用事先准备好的铁丝撬开了门锁，轻轻打开了木门——里面居然是间再普通不过的小书房，木制的书架井然有序地摆放着，一个靠窗的角落边还安置着一张古典气息甚浓的雕花书桌，上面积聚的灰尘在月光的照射下闪烁着光泽。

而在书桌中央，正躺着几张写满字的纸。秀气工整的字体在光滑的白纸上清晰可见，上面早已积满了厚厚的尘埃。

这应该是很早以前写下的吧？而且很久没人碰过了。

Shadow朝桌子上吹了一口气，粉末似的灰尘在寂静的空气中飞扬，沾到了"我"的脸上，除面具遮挡着的地方以外，其他的地方都泛出了淡淡的灰色。

"咳咳……这里的灰尘还真多,不知道多久没清理了。"Shadow捡起一张纸,拍拍上面的灰尘随便看了几眼。我也透过水面上的景象阅读着纸上的内容。

"给涟漪国全体子民的信?"我好奇地继续读下去,"亲爱的子民们,我就要离开涟漪国了,在这里生活的日子让我感到幸福温暖,可是为了学会更多的技能,我必须游历其他的国家……"

写信的人是谁啊?尽说些奇怪的话……这根本跟十字剑扯不上一丁点儿关系。

"影儿,你看看这里……'国王赏赐给我的金绿猫眼宝石十字剑,我将会好好保存下来'……下面的字看不清了,也许是时间相隔太久以至于墨汁已经褪色了。"Shadow指着倒数第三行字,温柔地读着,声音像是天使的竖琴发出的声响。

"去看看写信的人是谁?"金绿猫眼宝石十字剑……他就是接受十字剑的其中一个人吗?那么就先从这个人的资料着手吧,一定要找到关于这个人的事迹!

"嗯……"Shadow从书桌上抽出最后一张纸,在写信人落款的地方,赫然写着——永远爱你们的预言家。

预言家?难道说,这个预言家就是神秘人吗?

"谁!是谁在里面?"图书馆外突然传来中年男人低沉响亮而又警惕的惊呼,隐约还能听见他似乎挥动着一根电棒,图书馆宁静的空气中发出"吱吱"的响声,应该是电流相撞产生的声音。

被发现了吗?

我心中大惊,然而Shadow却不慌不忙地打开旁边的窗户。强大的气流从窗外吹进房间里,把书桌上的纸吹散一地。

第六章 原始森林冒险记

"闭上眼睛。"Shadow轻声对我说道,然后从窗户纵身而下,在银色的月光中划出一道黑色的弧度。

"啊……"我赶紧听话地闭上眼睛,但心还是七上八下地跳个不停。救命啊!这里可是六楼,就这样跳下去不死也会残废的,我不要英年早逝哇……

"已经没事了,接下来就交给你了,我的体力都消耗光了。"Shadow话音刚落,我的灵魂又回到了自己的身体。我四处张望,发现自己已经回到了城堡。

刚才真的好吓人!我擦了擦额头上沁出的冷汗,捂着胸口余惊未定地喘气。突然一只手搭上了我的肩膀,我吓得整个人都跳了起来,惊慌的心就快要蹦出身体。

"你刚才去做什么亏心事了,怎么吓成这样?"定睛一看,原来又是帅死人不偿命的维路希。好在不是图书馆里面的那个保安,呼呼。

"没……没有啊。"我傻气地呵呵笑,惹来维路希无奈的白眼。

"你看你啊,都长这么大了,还像个小孩子一样四处乱逛,刚才准是迷路了吧?"维路希一副"我看透你了"的表情,无奈地叹气之余,伸出了修长的手指为我拭去额头上的汗珠。

我慌忙地退了几步,不安的心跳得更加厉害了。

维路希,请你不要对我再做出这样的小动作好吗?我怕自己会沦陷下去……

"那个……呃,我想问的是……你知道有关涟漪国预言家的事情吗?"我的眼珠儿四处转,极力避开维路希疑惑不已的目光。

他应该不明白我为什么会避开他吧,虽然我口上说跟他做朋友,不去想喜欢他的事情,可是我的心还是那么喜欢他,这是很难改变的事实。

他摸了摸下巴,似乎陷入了沉思:"预言家吗?让我想想哦……我记得好像在国王那里听说过。"

"咦?真的吗,快说来听听,我好想知道呢。"我的眼睛立刻转变成十万伏特大灯泡。

"乞丐小姐,请你别这样盯着我看嘛,你知不知道你的眼神很像狼盯上了猎物。"维路希的眉头拧成了疙瘩,脖子上淡淡的胎记似乎也散发出不满的光彩。

"拜托你不要卖关子了,我真的很想知道。"我双手合在胸前,瞪大水灵灵的眼睛,期待地看着他。

"唉,我果然心太软了,"他还不忘先自夸一下,这让我差点儿要吐血,赶紧给他补上一记白眼,"我也只是听说的,据说在很久之前涟漪国曾经有一位伟大的预言家,他为涟漪国立下了汗马功劳,但是后来他却离开了这里,下落不明。"

"那你知不知道有关他的资料,比如居住的地方、家里的成员什么的?"应该就是维路希所说的预言家,可能是在写完那些信就离开了吧。

"他家好像是在死亡城吧。不过那地方光听名字就很恐怖了。你为什么会突然问起他来了呢?"

"呵呵,没有啦……只是刚才听到别人说这个人,所以很好奇而已,呵呵。"既然知道了想知道的事情,就不要跟他再磨蹭下去了,还是快点儿回去补眠吧。

"喂喂,你要去哪里啊?"维路希看到我撒腿就跑,大声叫道。

"睡觉去。"我朝他挥手告别。

维路希像幽灵一样幽幽地冒出一句："那个好像不是去你房间的方向吧？"

"啊！呵呵，走错了，纯粹一时糊涂……"

Vol.3

"这个要拿去……这个也要，还有那个……对了，衣服也要多拿几件。呃……还有饮品……"我一大早起床就在房间里忙个不停，阳光投射在窗户上，染红了洁白的窗帘。

今天醒来，我想起昨天一直在计划着夜探图书馆，根本还没收拾好去原始森林的行李。

被我吵醒的华朵啦无聊地趴在桌子上，眼皮几度做下垂运动，也许是睡眠不足，她的声音也轻飘飘的。

"影儿……你一大早叫醒我是要做什么啊？"

"你没有看见吗？我在收拾等一会儿去避暑的东西呢……你说还要带些什么，这里的够不够？"我把堆在床上的衣物、零食、饮料等全都塞进行李箱里，那两个大大的箱子不一会儿就被我塞得鼓鼓的，该死……似乎拉不上拉链了。

"拜托，你这么早起来就为收拾这些鬼东西，呜呜，我可怜的美梦啊！"华朵啦抱头痛哭，"还有，你确定你这瘦小的身子能把这两箱东西搬到原始森林？虽然说我们等一下会乘车去。"

"没有关系啦，我知道朵啦最好啦，一定会帮我拿的。"我眨巴着明亮亮的大眼睛，眸子中闪烁着期盼的光彩。

华朵啦的背后一排排黑线齐刷刷落下，她扶着额头无言地望着我，憋了很久终于说了句话："那里什么东西都有，你根本不用带这些去的。唉……"

"你怎么不早说，害我一早就从温暖的被窝里爬起来！"

"是你自己没问我。"

初夏的暖阳照亮了大地，柳条在风中轻轻摇曳，撩起了小湖的心弦，泛起层层叠叠的涟漪。

爱尔加特学院的全体学生都整装待发，个个轻装上阵，两手空空什么也没有带。哈哈，好在有华朵啦的提醒，要不然我肯定被别人笑得面红耳赤了。

沿途都是涟漪国独特的风景，这里的天空比我成长的地方要蓝许多，天好比清澈的琉璃，上面自由自在地飘浮的白云犹如天真无邪的孩子相互追逐，却永远保持着一定的距离。窗外都是没有尽头的树林，偶尔还能听到动物的叫声，小鸟在旅行车外友好地飞翔，一切都呈现出生机勃勃的景象。

"同学们，我们的原始森林度假之旅已经开始了，这次度假我们会采用最原始的方法，为了培养大家的动手能力，学院准备只为大家提供住宿的地方，我们保证那里一定是比五星级酒店更加豪华的地方，但是我们却不为大家提供食物了。因此，你们只能自食其力，当然，也可以组队分工。"

班主任的话引起了整辆旅行车的喧哗，大家的脸上从刚才的激动兴奋转变成了痛不欲生，这也难怪，能在爱尔加特学院这种贵族学院读书的学生非富即贵，怎么可能会自己动手烹调出食物。

"怎么办？这根本就是要了我的命，我对自己的厨艺无法想象。"

"呜呜……这破学院搞什么鬼嘛，居然要本小姐亲自出马？可

第六章 原始森林冒险记

我根本没有带马来。"

"要是早点儿知道自己动手,我该把方便面带上,该死。"

"天啊,你不如直接毙了我算了,别这样折磨我了!"

一个紧急刹车,刚才那些愤愤不平的同学来不及反应,全部朝前倒,摔成一团。我惋惜地扫了那团东倒西歪的人一眼,默默叹气。

今天真的能吃到美味的东西吗?唉,还是不要抱太大的希望,以免希望越大失望越大,只要吃不死我就好了。

"已经到达目的地,请同学们不要再坐在位置上装死了,快点儿下车去收拾好东西吧,等一下会有人带你们到房间的。希望大家能在这里度过快乐的一周。"班主任嘴角勾出了狡黠的笑意。

一……一个星期!不会吧?我一个星期都要被食物摧残?难以想象这些贵族能做出什么样的饭菜。

听到了班主任这番残忍的话,有几个男生已经举手投降说要回家,却被随同的剽悍保镖拦住了路,最后只好乖乖回来继续悲哀的旅行。不,这根本不是旅行,简直是酷刑!

"乞丐小姐,你还在发什么呆,快点儿过来商量分工,别想着可以偷懒!"维路希不满地用手指戳了戳我的脑袋,话语依然满是讥讽,这似乎成为他平时说话中必不可少的一部分。

"知道啦,你比老婆婆还要唠叨。"我撇了撇嘴,对他的讥笑嗤之以鼻,然后向议论纷纷的同学们走去。

"影儿,既然你能够在选美比赛中打败庞大的异兽,所以,我们一致决定,把最神圣最重要的狩猎任务交给你跟凉辰小帅哥!你是比赛的冠军,而凉辰是身怀绝技的忍者,逮点儿山兔山雀肯定小意思啦!"组长大人不紧不慢地安排着分工,围在一起的同学笑嘻嘻地看着我跟凉辰两个人，脸上满是不怀好意的笑容。

狩猎……至今回想比赛时狩猎的场景，还心有余悸。

我正想要拒绝，维路希却抢先一步开了口。

"这怎么行呢？孤男寡女地行动，很容易惹出误会的。真没办法呢，我唯有挺身而出，勉为其难地做个护花使者，跟他们一起去狩猎吧。"

然而，其他的同学就都显露出为难的表情，尤其是组长，在各位同学炽热得可以烤熟一只火鸡的视线下支支吾吾地说了句话。

"这……这个我认为不是很好啦……因为嘛，呵呵，维路希殿下……其实不是我不想安排你去啦，只是……只是我们人手不够，你是负责采摘野果和收集山泉水的……如果，如果你也去狩猎，谁去采摘野果和收集山泉水呢？"

"你就留下来吧，我和凉辰去就好啦，你放心，我们不会有事的。"

我笑着替正陷入水深火热的组长解围。

维路希大概是担心我和凉辰单独相处会尴尬，但三人行，没准儿会更尴尬……

谁知道维路希居然不理会我的话，只是绕过我瘦小的身躯将目光落到我身后沉默不语的凉辰身上："不行，我已经决定了的事情，谁都不能改变，随便到别的组拉个人过来帮忙吧，我就是要去狩猎。其实狩猎还蛮有趣的。喂，乞丐小姐和臭脸小子，不如我们比一比看谁捉到的动物多吧？"

"没兴趣。影儿，我们走。"凉辰依然一副别人欠他钱的表情，转身离开。

"哦。"抱歉地看了组长一眼，我赶紧跟上凉辰，身后传来维

第六章 原始森林冒险记

路希的脚步声。

绿葱葱的森林中,到处都是鸟兽争鸣的愉快气氛,比幽深吓人的麦高唯亚山惹人喜爱,但是那座神秘的山峰却又让人难以忘怀。

能与大自然如此亲近,也是难得呢!暂且好好地感受一番原始森林的美吧。

Vol.4

到处都是青葱的灌木,那一棵棵屹立不倒的树木犹如坚强勇敢的士兵日夜不停地守护着他们的乐园——原始森林。

这片原始森林占地面积广阔,位置偏远,没有受到任何污染,是享受悠闲的好地方。这里宁静舒适,偶尔能见到可爱机灵的小动物出没,鸟儿那婉转悦耳的声音汇编成一首首令人心旷神怡的歌曲。

泛着红晕的夕阳透过密集的树丛在地上投下一片斑驳,绿得发亮的树叶在阳光的照耀下染上了一层淡淡的粉红,仿佛小孩子脸上粉嫩的红色。清风拂过,只要细细聆听,便能听到大自然最动人和谐的旋律,那是美妙的风之歌。

这般美好的景象让人舍不得打破,我们三个怀着这种好奇心闯入了这片树林,都不忍心去伤害这些无辜的小动物。

"怎么办啊?我们刚才已经错过了三只野鹿、六只山兔和八只山雀了,如果再不去狩猎,晚上大概没肉下肚了。但是这里的小动物都生活得好好的,我不忍心抓它们回去做饭啊。"我跟在两个暗地较劲的大男生后面,苦着一张脸唉声叹气。

维路希看着我,脸上闪过一抹讥讽的笑意:"噗,我看刚才你不是不忍心伤害它们,而是根本捉不住它们吧?这里的动物行动敏捷，反应比你要快几十倍。"

我气呼呼地反驳："你厉害，没见你抓到一只！"

凉辰走在最前面，根本不理会我和维路希的吵闹，似乎这里只有他一个人在行动，他的脚步越来越快，渐渐地把我们甩开了好几米。

维路希有些不满，冷嘲热讽道："凉辰，看来你精力很旺盛，要不然你先走，我和乞丐小姐休息一下再去跟你会合？"

维路希本来应该只是想气气凉辰，但凉辰却头也不回地继续往前走，只淡淡地说了一句："随便。"

凉辰的声音总是不带一丝感情。

自从知道他喜欢我后，我不知道该怎么跟他相处，大概维路希面对我，也是这种感觉吧……

维路希讥笑了一声，真的寻了一处空地坐了下来，还拍了拍身旁的位置，怂恿我："过来。"

我的确是有些累了，可是……

我为难地看了看维路希，又看了看越走越远即将被枝叶遮挡住的凉辰，不知道该如何是好。留下来陪维路希还是跑上去追凉辰？

我还在犹豫，维路希直接把我拉了过去："乞丐小姐，你就乖乖留在这里吧，我就看这个没有一点儿情绪变化的木头人会抓回来什么东西。"

真不明白为什么凉辰和维路希会闹得这么僵，大家都是同学嘛，低头不见抬头见，他们这样对谁都没好处。

说实话，有机会和维路希独处，我是欢喜的，但是……

我咬了咬牙："维路希，我还是去看看凉辰吧……"

说罢，挣开了维路希的手，往凉辰离开的方向跑去。

第六章 原始森林冒险记

比起和维路希独处,我还是选择跟着凉辰比较好,毕竟我的心里还藏着维路希的身影,我不想再次引起什么误会,连朋友关系都维持不了。

"喂,你快回来,别乱逛,这里危险。"

我不顾维路希在后面嚷嚷,以最快的速度朝凉辰消失的方向跑去。脚踩在松松软软的树叶上,发出"叽叽"的响声。

咦?凉辰呢?

刚刚明明看到他在前面的。

我停下来,再看看身后,维路希也不知所终了。此时此刻,这里空荡荡的只剩下我一个人。

难道我又迷路了?我的天。

意识到这个问题,我开始惶恐,周围的树木仿佛瞬间化身为世界上最可怕的恶灵,连轻轻摇曳的树叶也成为野兽狰狞的獠牙。

夕阳西下,只留下黯淡的余晖维持着森林里的光线,透过树叶间缝隙投下来的光点好像怪物碧绿的眼珠,突然飞起的乌鸦留下几根黑色的羽毛,为树林增添了几分诡异和恐怖。

这里……怎么突然发生了如此大的变化?这片森林一下子变得阴森恐怖了!

我屏住呼吸往前走,脚步下意识地越来越快。

我要快些离开这里,我不要去狩猎了,我要回旅馆!谁能带我回去?凉辰和维路希,你们快点儿出现啊!

脚跟不小心踩到了什么。我低头一看,脸唰地一下白了……

"啊啊啊!救命啊,蛇、蛇……"我看着地上黑色的长条状物体,吓得慌忙往后爬,想要远离那条毒蛇。

结果绊到了石头,直接摔倒在地上。

我以为毒蛇会趁机攻击我,但它却一动不动,毫无动静。

我开始有点儿怀疑那究竟是什么东西。我心有余悸地靠近那个黑黑的东西,借着微弱的光线,我终于看清了吓坏我的罪魁祸首——折断的枯木!

我盯着那折断的树枝欲哭无泪。

"天啊,Shadow,要不还是你来吧?"我哭丧着脸下意识呼唤出沉睡在我体内的Shadow,可得到的却是Shadow无情的拒绝——

"对不起哦,影儿,这里没有水,我出不来了。而且夏天都比较干旱,我找不到雨天遗留下来的一点儿水。现在只能靠你自己了,加油哦。"

那我怎么办?凉辰跟丢了,维路希甩在了后面,连Shadow也呼唤不出来。呜呜,我的命真苦。

我想要从地上爬起来,却发现了一个雪上加霜的事实。我右脚居然不小心扭伤了,而且好像挺严重的,稍微一动就痛得我龇牙咧嘴。

我艰难地靠单脚行走,弯弯的月牙代替太阳升上了天空,与它做伴的,还有无数闪烁着光芒的星星。可怜的我,就只能孤零零一个人漫无目的地走,连一个做伴的人也没有。

"呼呼呼……呼呼呼……"宁静的森林中突然传来奇怪的声音,那声音在深邃的树丛中格外凄凉,就像在低吟一首哀伤的悲歌。

我缩了缩脖子,凭借着微弱的月光在原始森林中摸索着回去的路,但是我却发现自己似乎离原来的地方越来越远!

呜呜,怎么能这样?居然在这种阴森森的地方迷路,还刚好碰上了夜晚，我想这世界上没有谁比我更"幸运"了！

"呼呼！"那凄凉的声音慢慢接近，在漆黑的前方，我看见了一团小小的火苗散发着灼热的光芒。

是人吗？难道是其他小组出来狩猎的成员？没准还是凉辰呢！哦耶！我得救了，快点儿跑过去让他们带我回旅馆吧。

我加快脚步，忍着钻心的疼痛向那团仿佛闪耀着希望之光的火苗跑去，耳边掠过风的声音，让人惊悚地竖起全身汗毛。

现实往往是残酷的，接下来看到的东西让我害怕得难以挪动双脚。这种恶心的东西居然都被我看到了，我想我这次寻找神秘人后代之旅还真够惊险。

在我眼前的，竟是一只手拿火把的大猩猩！不，应该是人猿。这里不仅拥有原始时代的树木，而且居住着古代人猿。

我看着那全身被黑毛覆盖着的人猿朝我张开了大嘴，露出一排泛黄的大牙齿，大脑暂时性死机，两脚一伸，晕了过去。

第七章 神秘城市寻人记

眼睁睁地看着身下的维路希继续卷入沙砾的旋涡，我的心就快要跳出来了，我赶紧伸手捉住维路希。

"放开我的手！木头人会支持不住的！"

我咬牙："不要！我死也不放！"

Vol.1

"唉,真拿这丫头没办法,总能把自己弄得满身是伤……"模糊中听到熟悉而富有磁性的声音从遥远的地方飘来,温暖我毫无知觉的心灵,抹去我所有的惊慌,填满了我的空虚。

是谁呢?到底是谁在说话?

我艰难地睁开眼睛,一片粉色的装饰映入眼帘。粉红的天花板上涂着一幅抽象的油画,那幅油画被许多不规则的图案填满,却又让人不感到单调,有种难以言喻的华丽。

"乞丐小姐,你终于醒了,我还以为你刚才就已经死翘翘了呢,看来还好好的,早知道就把你扔给那人猿当他的新娘咯。"

床边,维路希正托着下巴笑盈盈地凝视着我,他伸出修长白皙的手指为我理了理凌乱的头发。他的指腹轻触我的头皮,我感觉有一股莫名的热流在心中流淌,触电的滋味蔓延至全身。

我别过头不看他那吊儿郎当的笑容,脸上像发烧一般热热的,应该都红得像熟透的苹果了吧。

"你真应该好好谢我哦,要不是我及时赶到,你早被那只毛茸茸的人猿劫回家当人猿夫人了……你……"维路希还在没心没肺地嘲笑我，而我的心却逐渐收紧，滚烫的眼泪在眼眶中打转。

最后泪水还是一发不可收拾地奔涌而出，一想起恶心的人猿向我露出泛黄的大牙齿，我就直哆嗦。

虽然说人猿也算是人，但他是正在进化中的人啊！而且居然被我大晚上在原始森林里亲眼看见了。

"呜呜……"我蜷缩着身子在被窝里哭泣。

维路希眉头拧成麻花，也许是料想不到我会突然哭起来，只能不知所措地安抚："你……你不要哭了，被人看见会以为我把你弄哭的。哎……你别哭了好不好……算我怕你了……来，借肩膀给你用用吧。"

他靠近了我，温热的鼻息拂在我的肌肤上，酥麻的感觉触动着我的细胞，火热的血液不停地流动，我的脑海中浮现出一个邪恶的念头。

我突然很想凑上去亲亲他。

可是……可是……我的心怦怦怦地乱跳，像是脱缰的疯狂的马，几乎要蹦出我的胸腔了。

"我……我想说……"我动了动苍白的嘴唇，轻轻吐出了几个字。

"嗯？"维路希把脸凑了过来，害我的心跳得更快。

我几经周折终于平复了自己的内心。

"乞丐小姐，你有什么话就快说吧，我已经保持这个姿势很久了，很累好不好！"维路希蹙起俊秀的眉毛。

"好吧，我就说吧……你的脸上有只老鼠！"我脑筋急转弯瞎说道，为了证明自己的话的真实性，还小手一挥……

"啪"！

维路希俊美的侧脸留下了五个红通通的手指印。

"你在干什么？"维路希瞬间火山爆发，整个人从椅子上弹了起来，黑着一张脸瞪着我，手还不自觉地摸了摸脸上的"五指山"。我那邪恶的念头就压在这上面了，好在我战胜了自己，要不然错过这一次，估计以后都不要再想见到维路希了。

我绞着手指委屈地说道："你好凶哦，我刚才不是说了嘛，你的脸上有只老鼠。"

"你以为我傻？老鼠怎么可能爬到我脸上去！"他气急败坏地瞪着我。

我在心里偷偷地乐了。维路希生气的样子有点儿可爱啊！

"我没骗你，信不信由你。"我继续瞎编，理直气壮地反驳他，努力让自己看上去诚恳一些。

维路希有些动摇了，将信将疑地摸了摸脸："那老鼠呢？"

噗，没想到他还真的当真了。

"死了。"我朝他做了个鬼脸，立刻用被子盖住脑袋以免被揍。

"你快给我出来好好解释！喂，你这样会闷死在被子里的……"被子外是维路希吵吵嚷嚷的声音。

"吱"一声门被打开。

"呵呵，看来你们都恢复得不错嘛，精神这么好，感情也很不错呢。"这声音真熟悉，到底是谁呢？

我好奇地从被子里探出了脑袋，站立在门口的少年似乎散发着炫目的光辉，如月光般银白的发丝张牙舞爪地在风中抖动，精致立体的五官在阳光下显示出摄人心魄的美，自他身上有一股强大的皇者高傲尊贵的气息。

第七章 神秘城市寻人记

华伊澈!他怎么会在这里?还有,他这身造型到底是怎么回事?

此时他正戴着一顶竹藤编织成的帽子,穿着朴素的农民衣服,脚蹬简陋草鞋,裤管上还有几个小洞。难道这就是所谓的简朴美?这也太……太简朴了吧,根本与他的气质不相符。

"你用不着这样盯着我看吧?"华伊澈端着两碗冒着热气的粥走进来,桀骜不羁的眉宇透露着无奈。

"殿下,这让我来就可以。"维路希恭恭敬敬地接过那两碗粥,把它们放到桌子上。维路希能露出这样严肃的神情果真难得,嘿嘿,一定是怕华伊澈了。

"呵呵,没有啦,只是对你这身打扮感到惊奇而已。"我瞟了瞟坐在一旁没出息地吃着粥的维路希,满面笑容地转向华伊澈。人家可是涟漪国的王子殿下,未来的国君,当然要对他笑颜常开啦。

华伊澈用手抵着额头,一副败给我的模样:"已经不是第一次了吧?我的这种嗜好难道我那个多嘴的妹妹没有告诉你吗?"

呃,我记起来了,他经常扮演不同角色的人,不过这兴趣真够特别的。

"那么我就作为一个当地非常普通的农民,为你们两位初到此地的旅行者介绍一下这个地方吧。这里是隐藏在原始森林中十分幽静的叫比克的小镇。在此,我代表这里所有的居民欢迎你们的到来。"华伊澈拿下头上的帽子,朝我们表示欢迎地深深致敬。

维路希见怪不怪,淡定地吃着粥:"殿下好兴致。"

"希望没坏了你的兴致。"华伊澈挑了挑眉,突然想起什么,转头问我:"你的脚还痛吗?好在路希找到了这个小镇,要不然你们大概只能露宿森林了。"

我动了下被绷带包裹着的脚:"已经不怎么痛了,谢谢你。"

华伊澈笑了一下:"你应该感谢的人是路希,是他一路抱着你找到这里的。"

"听到没有?"维路希边吃着粥,边嘚瑟地看了我一眼。

真没见过这么不要脸的家伙!谦虚,懂不懂!

"好了,暂时就这样吧。祝你们玩儿得愉快,我先出去了。"扔下这句话,华伊澈就离开了。

也不知道为什么华伊澈会出现在这里,原始森林的神秘小镇,想想都觉得不可思议……他果然是神出鬼没,行踪飘忽……

Vol.2

我和维路希又在比克镇休息了一天。

爱尔加特学院那边,华伊澈已经帮我们通知了他们,以免他们到处找我和维路希了。

第二天起床,本来是打算找华伊澈带我们离开比克镇,回到老师那里,但镇民告诉我们,华伊澈已经离开了。

"那请问阿姨我们应该怎么走才能离开这片原始森林呢?"维路希对眼前的妇女露齿一笑。

"这个嘛……嗯,这位帅小哥是想去哪里呢?向东走可以到达死亡城,向北走可以到达森林之居,那是这里唯一的旅馆。"妇女回答道。

她刚才说……死亡城?死亡城不就是神秘人的故居所在地吗?也许在那里能找到神秘人后代的蛛丝马迹,不过这城的名字也真够特别,好好的干吗要起个这样的名字啊,多不吉利。

"好的,谢谢阿姨,那我先带着这位小妹妹赶回旅馆了。"

第七章 神秘城市寻人记

维路希拉着正陷入沉思的我,以与光速媲美的速度消失在妇女眼前。

不知道究竟跟着这个我喜欢着的男生跑了多久,他指间传来的温度几乎要灼伤我的肌肤,我们在温和的阳光下奔跑,鸟儿似乎在为我们歌唱,连树叶也在为我们舞蹈。

我好想将这一切定格成为永远,真希望他能牵着我的手一直跑下去,陪伴我走过天涯海角。可是,幻想始终会结束,他停了下来,也松开了我的手。

我看着刚才被他牵过的手,还有些怔忪,半天说不出一句话,指间还残留着他的温度,怅然若失。

"哎,乞丐小姐,你怎么看着手发呆啊?不会是想起了那只人猿吧?后悔没去当人猿夫人了?"维路希像是大哥哥一样亲昵地摸摸我的脑袋,他的唇边勾勒出一抹让人心旷神怡的笑意。

真是哪壶不开提哪壶,我本来都要把那只可怕的人猿忘掉了。

我愤怒地翻了个白眼。

"喂,你这就是对待救命恩人的态度?好吧,我把昨天那只人猿叫回来好了。哎,昨晚为了找你,我摸黑在森林里逛来逛去,救你的时候还被人猿划了一道伤口。你看吧……"他捋起袖子,露出手臂,上面果然有一道细长的伤口。

虽然已经是初夏,但是在原始森林里就跟秋天一样清凉无比,所以大家都穿着长袖的衣服,因此我并没发现维路希袖子下的伤痕。

不知道为什么,听到了他的话,我的心似乎被灌注了几瓶蜜糖,甜滋滋的味道融入了血液,流遍全身。他为了救我而受伤了,为了我,只为了我……

"谢谢你。"

谢谢你来找我,谢谢你从凶猛的人猿手中救下了我,千言万语都化成一句谢谢你。

"哈哈,不必客气,乞丐小姐就是比较笨的,我能理解。不过那木头人也真不够意思,居然丢下一个女孩不管,还是不是男人?算了,不要磨蹭了,我们快点儿回去吧,大家估计还在担心我们。"维路希的毒舌永远一成不变,即使他是在讲着关心别人的话。

他不会像凉辰一样外冷内热,也不会像华伊澈桀骜不羁,维路希就是维路希,是我喜欢的人。

我站在原地看着他渐渐离开的身影,并没有跟随的意思。他的影子被阳光拉得很长,而我的影子停滞在树荫下一动不动,它们保持着一定的距离,就像是痴心的少女在等待着心仪男子的归来。

维路希发现了我的无动于衷,好奇地转过身看着我,我们两个就这样隔着透明的空气对望。

"不走吗?"

"嗯。你先回去吧,我要去死亡城。"我看向森林的东边,那里冉冉升起一团烟雾,也许是居民在做饭。那里就是神秘人的故居所在地——死亡城了吧!

维路希沉默了一下:"很危险,你知道吗?"

"可是,我想要回家就必须找到那个人……"不知道为何,我的声音低了下来,双眼不敢直视维路希那双神圣不可亵渎的眸子。

维路希十分无奈地叹了口气,绿色的光线下,我隐隐看见他的脸上似乎泛起了一丝淡淡的红晕:"如果你要去,我也不是不能陪你去。据说死亡城是一个很神秘的地方,正好我没去过,就让本少爷去看看到底哪里神秘了!"他像是掩饰一般可疑地想要一笑而过,但那抹可爱的红晕还是被我捕捉到了。

嘿嘿,他还会害羞呢!

"谢谢你,维路希。"我幸福地笑了。

我们两个就这样转变方向,雄赳赳气昂昂地向东方出发!

灿烂的阳光把树叶照得更加青翠,细碎的光点投在维路希的脸上,就像可爱的小精灵在他身上玩耍,构成了一幅协调完美的图画。

如画般的人物,如画般的景象,如画般安详的气氛……一切都这般美好。

可是,一抹若隐若现的"黑影"打乱了这一切。只见不远处的影子越发清晰,最终出现一个模糊的身影。

"怪物啊!"我吓得抱头蹲下。

维路希朝我翻了个白眼:"胆小鬼,是木头人。"

木头人?凉辰!

我抬起头一看,果然是凉辰。此时,他已经走到了我的跟前,冷冷地扫了我和维路希一眼,细碎光滑的茶色头发在染成绿色的阳光下闪耀着冰冷的寒光,琥珀色的双眸如冰窖般寒冷。

"凉辰,你怎么来了?"我眨巴着眼睛疑惑地看着凉辰,他的脸上没有任何表情,像是没有生命的傀儡。

"听说你们在这附近,所以过来了。"凉辰的目光落在我脸上,似乎柔和了几分,他泛白的淡红双唇微微翕动,"你们这是准备去哪里?"

我没有打算隐瞒凉辰:"我们要去东边的死亡城看看。所以,凉辰你先回去吧。"

凉辰"哦"了一声，却没有要离开的意思，只是静静地站着。

维路希挑了挑眉，将我拉到身后："怎么？木头人，你不会也要跟着一起去？你知道你这样做会打扰到我们二人世界的吗？"

二……二人世界……

我的脸上瞬间发烫，眼睛盯着他拉着我的手，一种叫作幸福的滋味缠上心头。

凉辰不想跟维路希多说一句话，只是绕过他看向我，转过身扔下两个字："走吧。"

维路希不满地跺脚："……喂，木头人，你这是听不懂人话？"

我追上凉辰："去死亡城可能一时半会儿回不去，一下子不见了三个学生，老师他们可能会担心的，要不你……"

实际上，我也不希望凉辰陪我蹚这潭浑水。前路漫漫，不知是祸是福，会遇到什么。我已经没办法回应他的感情了，不希望他为我涉险。

凉辰停下了脚步，我正要松口气，却见他从口袋里掏出了一张手掌大的纸片，他用树叶的绿汁在纸片上写下了"三人请假数日"六个字，然后轻轻折叠了几下，一只栩栩如生的纸鸽子瞬间在他手中诞生。

我疑惑地看着他："这是？"

"纸鸽传语。"凉辰冷淡地回应道。

他将纸鸽往天上一扔，纸鸽便随风而去，渐渐消失在远方。

"这个真的能到达森林之居？好神奇。"我难以置信地感叹道。

就这样，我们的神秘之旅三人行悄悄地拉开了序幕，我们的目的地是东边的死亡城。那里到底会有怎样的挑战等着我们呢？真让人期待呢。

Vol.3

虽说死亡城就在东边，却没想到这个原始森林这么大，我们走了一天一夜，还没走到死亡城，也不知道到底还要走多久。

凉辰的野外求生能力很强，先前我和他待在小破庙时，都是他负责我的一日三餐，因此晚餐的重担就落在了他的身上。

原始森林不比当初待过的树林，一路走来都没见到小动物，树上的果子也长得奇形怪状，不知道会不会有毒。

好在我们在附近发现了一条河，河水清澈见底，河底的鱼成群游走。

凉辰撸起裤管去抓鱼，我和维路希负责捡树枝生火，但维路希嫌弃我慢吞吞的，基本不怎么指望我。

我们赶在日落西山之前生了火，小小的火光照亮了一小片森林。

烤鱼的香味慢慢飘来，我的肚子毫无防备地叫了一声，"咕——"，响亮而悠长。凉辰和维路希都看向了我，我的脸一下子涨红，恨不得挖个洞钻进去算了。

维路希挑了挑眉，扑哧笑出了声，笑声还相当夸张："哈哈哈，厉害了，我还是第一次知道肚子叫的声音可以这么大。"

我恼羞成怒想要起身打他，凉辰却细心地递过来一条烤熟了的鱼，声音淡淡的，却很温柔："影儿，小心烫。"

我感激地接过烤鱼，吹了吹，小心翼翼地咬了一口。

烤鱼新鲜出炉，的确有些烫，而且没有调味品，味道寡淡，只有鱼的鲜味,说实话,不怎么好吃……

要是从前的我,肯定会挑食,但自从来到了这座小岛,我变得生冷不忌,只要能填饱肚子,什么都能吃。有什么比饿肚子更难受的呢?

凉辰静静地注视着我,虽然他什么都没说,但眼神已经出卖了他。从前每次他觅食归来,都会这样期待地看着我。

我甜甜地对他笑了笑:"好吃。"

他点了点头,平静地说道:"那就好。"

身后传来维路希不温不火的声音:"啧,一条烤鱼就把你这丫头收买了。"

我朝维路希做了个鬼脸:"这么嫌弃,你别吃!"

"这火可是我生的,"维路希赏了我一顿栗暴,"我不仅要吃,我还要吃两条!木头人,给我一条鱼。"

维路希朝凉辰伸手,结果凉辰拿起烤鱼,默默地自己吃了起来,根本没搭理维路希。

维路希参毛了:"木头人!你这也太偏心了吧?"

凉辰淡淡地抬头看了维路希一眼,继续默默吃鱼:"嗯。"

我忍不住哈哈大笑。凉辰大概是维路希的克星吧,每次都能把吊儿郎当的维路希气个半死。

我们在河边将就了一夜。凉辰和维路希轮流守夜,只有我一个人睡了整晚。

本来我也提出加入守夜的,但他们说遇到了野兽,我大概只有被逮的份儿,根本起不到保护的作用。

好吧,在他们眼中,我就是这么一个一无是处的人。

第二天,我们又踏上了旅途。也不知道维路希和凉辰昨晚到底睡了多久，也没见半点儿疲惫。

夏天是个热衷变脸的季节。

走了一段路，原本湛蓝的天空逐渐变得乌云密布，晴空万里的天空突然开始响起洪亮的雷声。

眼看着要下雨，我们立刻到处张望，想寻找一处地方避雨，可还没有找到避雨的地方，倾盆大雨已经铺天盖地地从天空倾泻而下，豆大的雨点儿打在地上，溅起混着泥土的水花。

我们三只"落汤鸡"在瓢泼的大雨下无处遁形，虽说附近的树木多可以避雨，可是谁敢在高耸挺拔的树木下躲避，一个霹雳打下来就完蛋了。

我的衣服被雨打湿，变得无比沉重，鞋子也灌满了水，走起路来似乎有千斤重，乌黑亮丽的短发被雨冲刷得黯淡无光，湿润的发丝贴着皮肤难受极了。

维路希和凉辰的衣服也湿透了，单薄的衣服紧紧地贴在他们身上，维路希束发的绸带不知道被雨水冲到哪里去了，他的如大海般蓝色的发丝无精打采地垂在腰间，而凉辰细碎茶色的发也无力地搭在脑袋上。

"这鬼天气到底还有完没完，莫名其妙下一场雨，我很干净，不需要老天为我洗澡！可恶。"维路希咬牙切齿地一把抹去脸上的雨珠，雨水顺着蓝色的长发滴落在地上。他好像真的生气了，居然捉起自己沾满水珠的长发，用不知从哪里掏出来的剪刀把它"咔嚓"一声剪掉了。

"你……"我瞪大眼睛盯着他手上剪断的蓝色头发，声音被雷鸣声掩盖了。

"轰隆——"阴沉沉的天空划过一道闪电，如爆炸般的雷声震撼了整个原始森林。我捂着耳朵颤抖。

维路希把手上的头发扔到一边,咬着嘴唇揶揄道:"乞丐小姐,别大惊小怪啊,反正之前就想过要剪了这把碍手碍脚的长发,看,现在多方便。"他用手顺了顺凌乱的发丝,深蓝色的短发在雨中抖擞着,刹那间变得精神奕奕。

我一时忘记了该说什么,雨点儿落在皮肤上,冰凉的感觉遍布身体每个角落。

"影儿,前面有个石洞,到那里避雨吧。"走在前面的凉辰回头喊了我一声,冰冷的声音竟让我有了点儿暖意,我应和了声,和维路希跑进了前方的石洞。

这个石洞很小,似乎仅能容纳两个人,所以,当我们三个人一起挤进去时,那狭窄的石洞被塞得满满的,连呼吸都相当困难。

维路希和凉辰都有半边身子露在外面,其实我恨不得把这个石洞留给他们俩,我自己一个人在外面淋雨。他们一个是我喜欢的人,一个是我最珍视的朋友。

我抿了抿唇,对他们说:"你们再靠过来一点儿吧,你们的肩膀都淋湿了。"

凉辰面无表情地摇了摇头,维路希则笑着说:"让我靠近一点儿,想占我便宜啊?"

"不要脸!"我恼羞成怒,差点儿就把他踢出去了。

之后三个人都蹲在地上不说话,湿冷的空气中流动着尴尬的分子,唯有外面滴滴答答的雨声与偶尔轰鸣的雷电呼应。

乌云压得很低,铅色的天空没有一点儿生机,凛冽的风在怒吼,远处有野兽在对天长鸣。

湿透的衣服贴在皮肤上感觉痒痒的,风刮过,冰冷的感觉蔓延至全身，纠缠着血液不肯放手，我打着冷战，惨白的嘴唇不停地颤动。

好冷……我的身体不由自主地哆嗦着。我咬着嘴唇，不想被身旁的两位男生发现异样。

然而，我的身体却又热得像个火炉，感觉滚烫的血液正冲破冰冷不断沸腾，连呼出的气也热热的，身体开始酥软起来，有点儿力不从心。

不会是感冒了吧？好难受，脑袋沉沉的犹如压着千斤巨石，双脚软绵绵的宛如踩在棉花上。不能让他们担心，我要撑住！

呼吸困难，像是有什么卡在喉咙里让我差点儿窒息，眼皮好像镶上了沉重的金属，在清醒与昏迷中挣扎许久，最终我还是陷入了黑暗，什么声音也听不到了，包括维路希与凉辰着急的呼唤。

我做了个梦。

梦中有一个男孩，他俯下身子凑在女孩耳边轻声说了句话，然而我却听不见，而且仿佛失聪了一般无声无息，就连他们打闹玩耍的喧嚣也听不见了。世界静得只剩下我一个人，我疯狂地呼救，却连自己的声音也无法听到，心中的恐慌彷徨把我吞噬，脑海如死机般一片空白，眼前陷入了无尽的漆黑。

我醒来时雨已经停了，换来的则是烤炉似的大太阳，强烈的太阳光烘烤着大地，雨的痕迹被阳光抹得一干二净，风吹过来也带着炎炎的热气。

我们好像已经离开了原始森林，眼前的景象有点儿像荒漠，一望无际的是被刺眼的白光照耀得金灿灿的沙砾，偶尔几株低矮的绿色蕨类植物像雨后春笋一般冒出个脑袋。而我，双脚根本没有动，身边的景象却在移动……呃，这是怎么回事？

我正趴在维路希的背上，他的身子微微向前倾，尽量以让我比较舒服的姿势行走着，阳光把他额头上细密的汗水照得晶莹发亮，脖子上那朵如花般妖冶的胎记仿佛也沾上了汗珠。如大海般蔚蓝的发丝在风中飘逸，拂过我的脸颊，惹得我心跳加速。

"乞丐小姐，你总算醒了啊，你究竟是吃什么长大的？居然这么重！累死我了。"他察觉到背上的动静，唉声叹气。

"呃。"我顿时语塞，加上喉咙的疼痛，说不上一句话来。

我很重吗？明明已经一米六二的身高，连四十千克还不到，这也叫重？以前莱尔女士还天天强迫我吃肉类，指着我瘦小的身躯要我增肥。现在维路希居然说我胖！

"烧刚退，好好休息一下，过了这片荒漠应该就到死亡城了。"旁边的凉辰仍然是面无表情，琥珀色的瞳仁平淡得没有丝毫起伏。

"到底还有多长的路才到死亡城啊？早知道就先回去带上马匹再去了。"维路希眉头紧蹙，环视着这片望不到边界的荒漠，不满地发起牢骚。

"也许很远，也许就快到了。"凉辰的声音仿佛从冰窖里钻出来，让我跟维路希都打了个冷战。

维路希朝凉辰翻了个白眼："你这根本是废话！"

吵了一阵又恢复了平静，风吹起沙子在脚边飘过，细细的沙砾随着微风在半空中打转。荒漠中一片死寂，宁静得可以听见我们细小的呼吸声和踩在沙子上轻微的声音，现在仿佛连一根针掉落地上的声音也能听得一清二楚。

谁知好景不长，那一阵阵清凉的微风渐渐变大，不一会儿就变成了旋风，沙尘滚滚。被风吹起的沙子打在身上宛若被无数蚂蚁叮咬一样疼痛，最可恶的不是这些，而是朝下陷的身子！

我感觉蓝天白云好像离我远了几分，向下一看，才发现维路希脚下的沙子形成了一个旋涡，旋涡不断扩大，而我们正往旋涡的中央滑去。

"小心！"

"影儿！"

"啊——"

三个不同的声音在荒漠中回荡，漫天风沙飞舞，眼前是迷蒙的泥黄色。我的眼中仅剩下惊慌，而左手被凉辰适时地捉住。眼睁睁地看着身下的维路希继续卷入沙砾的旋涡，我的心就快要跳出身体，我赶紧伸出右手捉住维路希。

"放开我的手！木头人会支持不住的！"

Vol.4

"不要！我死也不放！"我牢牢地捉住维路希的手。

维路希欲言又止地看着坚定不移的我，张了张嘴却始终没有说出半句话。他的下半身已经陷入旋涡里了，泥黄色的沙砾随着他的身体往上爬，钳着他的双脚不放。

强烈的阳光照在地上，汗水顺着脸颊坠落到旋涡中，消失不见了。刺眼的白光使我不得不眯着眼睛看向凉辰，此时的他正咬着牙用力拉着我们两个。

茶色的碎发被狂风吹得张牙舞爪，他的脸被阳光照得熏上了一层淡红，琥珀色的眼眸中流露出少有的担忧，双唇泛出病态的惨白，血色渐渐从他脸上褪去。

也许是感觉到我注视的目光，他对我点了点头，脸上勉强扯出个放心的笑容。

我的心漏跳了一拍,像是被锐利的锥子戳了一下,疼痛地抽动着。凉辰,这个外冷内热的少年,他为了我们承受着这般难忍的痛苦,他却还强颜欢笑来安慰我。

凉辰突然松开了我的手,我以为是他已经筋疲力尽了,绝望地闭上双眼,心里在默默祈祷能有奇迹发生。如果真的就这样死去,还有自己喜欢的维路希陪同,这也算是件幸福的事情吧,可是我不想他来陪我啊,我想他好好地活在世上。

我以为身体会被旋涡吞噬,却没想到只是后背撞到了硬邦邦的地面。试探着睁开一只眼睛,风沙好像已经停了,而旋涡也没有再往下陷,一切都像被人按下了停止键一样,静止不动了。

"这里应该是个结界,我用忍术暂时将这里的一切定格。这家伙陷入了沙子里,我们一起帮忙把他拉出来吧。"凉辰绷着一张面无表情的脸,睨着下半身陷在沙砾中的维路希,他好听的声音从沙坑上传到我的耳边。

难道凉辰也死了?等等……结界?忍术?定格?这么说,我们都还没有死咯!凉辰实在太神奇了,在千钧一发时把我们的生命给保住了。

"木头人,你的忍术还有点儿用处嘛,我以为你就只会用来吓唬人。"维路希挑了挑眉,即便身处险境,却还是嚣张得很。

凉辰没有搭理他,只是走向维路希,回头对我说:"过来帮个忙。"

"哦哦。"我赶紧过去帮忙。

可我们两个人用尽全力,还是没能把维路希拉出来。沙子好像无数只手,牢牢地抓住维路希。

第七章 神秘城市寻人记

我和凉辰都拉得满头大汗,最终凉辰不耐烦地抓了抓茶色的碎发,叹气:"既然这里设了结界,看来死亡城不远了,我去找几个人来帮忙吧,你们先待在这里等我。"

凉辰把目光落在我的脸上:"影儿,"他顿了顿,似乎想要跟我说些什么,最后还是叹了口气,叮嘱道,"你一定要小心。"

"放心,我会乖乖待在这里等你回来的。"我的笑容被阳光照得闪闪发光,纯洁得像冬日的雪花一般,凉辰恍惚地点了点头,转身离开。

凉辰离开后,四周都恢复了平静,用忍术强行定格着的风沙陷入一片死寂,诡异得让人心寒。

"乞丐小姐。"维路希轻声唤道,打破了荒漠的宁静。我回头,阳光洒落在他蓝色的短发上,反射出深邃迷人的光泽。

"刚才……谢谢你没有放手,但下次不要这样了,保命要紧。"他的脸上洋溢着笑容,嘴角勾勒出一道让人心旷神怡的弧度,他的眼梢轻挑,又有点儿玩世不恭的味道。

"本来你就不用陪我去死亡城,是我害你陷入了困境。"我的鼻子一阵泛酸,眼泪都快溢出眼眶了。

"呵呵,知道就好。"他倒不客气,嬉皮笑脸地拍拍我的肩膀,"不过我不跟着来,还真有那么一点儿担心你呢。"

"啊?"他担心我?我该为这个感到可悲还是开心?拒绝自己心意的人说关心我,这到底算什么?

"也许是心里早就被一个影子填满了吧,所以我一直把你当作妹妹看待……"他的眼中流动着复杂矛盾的情感,维路希抬头看了我一眼,继续说道,"可是直到刚才,我才领悟到,有一些东西失去了就不可能再回来,而眼前的才是最重要的。"

失去了就不可能再回来,而眼前的才是最重要的……他到底想暗示些什么?

我疑惑地对上了他神圣不可亵渎的眼眸,他的眼中闪烁着某种亮晶晶的东西,让我的心抽动了一下。

"想听那个人的故事吗?"他的双唇微微翕动,嗓音是前所未有的温柔,如春风一般让人悸动。我下意识地摇头,用双手捂着耳朵。

"我不听,我不听……"

他扳开我捂着耳朵的手,然而那一刻,我的神志陷入了混乱,灵魂像是被什么镇压着,那个属于我的身体潜意识地排斥我。

怎么回事?怎么感觉轻飘飘的就要飘离身体了?

眼前一黑,我掉进了一间狭小的暗室中。

小室只能凭借着不知从哪里投射进来的光柱清除黑暗,潮湿的空气与皮肤碰触时,一种冰凉的滋味蔓延至全身,牢牢地包裹着体内流动的热血,不禁让我哆嗦个不停。除了我所站的地方外,暗室的四周都被冰凉的水覆盖着,寸步难行,我也唯有无奈地站在原地。

这里怎么这么眼熟?好像是Shadow生活的小室!为什么我会在这里?我明明没有呼唤Shadow,怎么会突然跟她交换灵魂了呢?

我迫不及待地凑到小陆地的边缘,眼睛盯着水面上色彩斑斓的景象。

水面上映着维路希诧异的脸,他脖子上淡淡的胎记也闪烁着惊讶的光泽。而坐在他身旁的少女用澄清灵动似水的双眸深情地凝视着维路希,如樱桃般水润亮丽的双唇动了动,却没有说出一个字。

时间就这样一点一滴地流逝,而周围的景象一成不变,连空气也似乎定格了一样。

气氛怎么蓦地变得如此怪异?刚才我跟维路希不是还聊得好好的吗?难道刚才我掉进这里的时候他们又说了些什么?

"Shadow,这到底是怎么回事?我为什么会跟你交换了灵魂?"我百思不得其解地问Shadow,水面上映出少女苦涩的表情,她的眼中承载着无尽的哀伤,那种痛苦的眼神犹如不见底的黑洞。

勇敢坚强的Shadow为什么会露出这般凄惨的表情,难道她跟维路希一早就认识,而且发生过什么难以忘怀的事情?可是,Shadow是我的影子啊,她怎么可能认识维路希,除非……

"影儿,对不起,其实我一直都在骗你,对不起,真的很对不起……其实我不想骗你的,可是为了能继续生存,我不得不这样做。"Shadow的道歉给我当头一棒,我的脑子呈现出一片空白,仅剩下她如旋律般美妙却残忍的声音。

Shadow……骗我?

她的话像一把钝刀凌迟着我的心,我难以置信地瞪大眼睛看着水面上映出的那个与我如出一辙的女生。

"Shadow……你……你怎么会在月影儿身上?"沉默了很久的维路希终于问了这么一句话,他神圣不可亵渎的眼瞳中分明流动着无法掩饰的惊喜。

我的心更加痛了,犹如裂开了一道伤疤,触目惊心的鲜血从那儿渗出。

他们果然是认识的!如果我没有猜错,Shadow其实并不是我的影子!她是……

"我……其实我一直欺骗了影儿,我从一开始就骗她,我骗她说我是她的影子,还依附在她身上……我只能靠这样维持生命。希,离开你只是身不由己,因为……我只是生活在水中的精灵啊。"Shadow忏悔地低下了头,美妙的声音中满是歉意。

其实,我也没有责怪她的意思吧?我心里还是喜欢着Shadow的,即使她欺骗了我,我也愿意去接受她的欺骗,因为在很早很早以前,我就把她当作是最亲切的大姐姐,她并没有要伤害我,她对我的好我是知道的。

"Shadow,你不需要对我道歉,我一直都没有怪你,其实之前我就察觉到一点儿,你并不是我的影子。"我捂着难受的胸口对水面上的Shadow摇头,晶莹的泪珠早已挂在睫毛上,摇摇欲坠。

"影儿,谢谢你……真的谢谢你……"Shadow也捂着眼睛哭了,她的泪水顺着手腕坠落在金灿灿的沙砾上,染湿了地面。

第八章 真伪十字剑项链

一位穿着黑色巫师长袍的人从人群中慢步走向水池,大家都用尊敬爱戴的目光凝视着他。整个死亡城没有亮起一盏灯,仅靠明亮的月光维持视线,月华把那人的白胡子照得发亮,他的眼眸中闪烁着某种亮晶晶的东西。

Vol.1

整齐的房屋在前方排成一列，赤红色的屋顶白色的墙，翠绿色的苔藓生长在潮湿的墙脚，墙壁上仔细一看能察觉到记载着悠久历史的裂痕。可是，街道上却空无一人，夕阳的余晖洒落在蜿蜒的道路上，犹如一条铺着金光的星光大道。偶尔还能看见几片被风卷起的枯叶在地面上打滚，寂静得有点儿怪异。

宁静整洁的街道上只有五个人，人影被夕阳拉得很长，而这正是我、维路希、凉辰以及两位前来救援的村民。按照他们所说的，眼前这条街道，就是死亡城中最繁华的街道，头顶牌坊上的三个大字也被阳光照得发亮，刺痛了我们的眼——死亡城！

这里就是死亡城？果然一片死寂，连半个人影也没有，若不是身边有两位村民，我还以为这里是个无人居住的村落。

两旁的房屋都紧闭着门和窗，严严实实似乎连一丝风也钻不进去。我怀着好奇的心情打量着整个死亡城，这里给人一种幽静安详却危机四伏的感觉，当我把目光再次落在来救援的两位村民身上时，发生了一件怪异的事情。

刚才还站在我身边亲切和蔼地微笑的中年男人，蓦地消失不见,连个影子也寻不着,此时的死亡城只剩下三个人影孤零零地呆立在街道上,风撩起发丝,微凉的空气环绕。

"刚才那两个村民呢?"我颤抖着手指弱弱地指向中年男人刚才站立的位置。

"啊!他们不是还在……"维路希顺着我的手指所指的方向望去,还未说完的话僵在嘴角,他一脸不可思议。

凉辰还是面无表情地绷着一张脸,从嘴中吐出两个毫无情绪的字。

"走了。"

我放心地呼了口气:"原来是走了……什么,走了?"

走得这么快?一眨眼便消失得无影无踪了,这个死亡城里面的人都如此神速吗?而且……怎么总感觉背后凉飕飕的,好像被无数双眼睛盯着一样。我无意识地打着冷战,眼角小心翼翼地瞟向身后,却什么也没有,只有一大片荒无人烟的荒漠。

几只乌鸦停留在旁边的树梢上,用圆溜溜的小眼珠子注视着我们,扑棱着翅膀叫了几声。感觉到气氛很不对劲,我害怕地躲在两个大男生后面。

"这里白天一般不会有人出没,大家都会躲在家里做事,只会在晚上出来。刚才的两个人是外出打猎正好被我碰上的。而且,今天是个特殊的节日。"凉辰宠溺地抚摸着我的脑袋,琥珀色的眼瞳中流露出少见的温柔,像是被人无意撩起的涟漪。

"……原来是这样。"本来想问问他为什么会知道关于死亡城的事情,却又想到也许是刚才那两位村民告诉他的,于是就转变话题,"那我们现在要去哪里?"

"到城中心,今天晚上会有个狂欢派对,不如去凑凑热闹吧。"凉辰艰难地扯出了个生硬的笑容,他笑起来的时候很好看,坚毅的轮廓柔和了几分,眼角微微往上翘,弯成月牙形。

凉辰的笑真难得,越美好的事物就越难得到吧,就比如……

"乞丐小姐,快走啦,别赖在门口不肯走!"维路希嘲笑的话语拉回我纷乱的思绪,我吐着舌头朝他做了个鬼脸,跟着凉辰朝死亡城中央出发。

夜幕逐渐降临,皎洁的月亮慢慢爬上了山头,我们刚到达城中心,一抹清冽的月华正巧射在中央的一个小水池上。

死亡城的中心是一块八卦形的空地,用几块雕刻着细小符号的石块拼成,而中央的小水池被月光披上了一层神秘魅惑的银色光泽,池水上浮着三朵莲花的花苞,它们分别是紫粉白三色,分散于三个不同的角落。

"吱呀——"无数扇封闭的大门同时打开,躲藏在黑屋子里的人们一个个走了出来,不约而同地向水池走去。他们虽然相貌各异,却都一致挂着标准的微笑。

停留在树梢上的乌鸦也一同冲上帷幕般漆黑的夜空,圆溜溜的眼珠儿盯着发光一般的水池,喜悦地鸣叫,在死亡城上方盘旋,仿佛在等待着奇迹的来临。

好壮观!他们每天晚上都以这种方式出来的吗?这里果然有异于他处的地方,怪不得连名字也如此怪异。

"千万别出声。"凉辰把修长的手指放在嘴边做了个噤声的动作。

我眨巴着眼睛点了点头,用手捂着嘴巴,而维路希却一副不以为然的表情,朝我翻了个白眼后继续看向神秘蛊惑的莲花水池。

明晃晃的圆月再升高了几分,清冷的月华直射小池的水面,让人难以置信的事情发生了……

方才还含苞欲放的莲花如初醒的姑娘缓缓张开粉嫩的花瓣，银白色的月光使莲花散发着水晶一般晶莹剔透的光芒，最后，花苞完全绽开，绽放出三朵颜色各异却形态相似的莲花。

下一瞬间，池水产生了轻微的震荡，泛起无数涟漪，扩散到每一寸水面。

一位穿着黑色巫师长袍的人从人群中慢步走向水池，大家都用尊敬爱戴的目光凝视着那个人。整个死亡城没有亮起一盏灯，仅靠明亮的月光维持视线，月华把那人的白胡子照得发亮，他的眼眸中闪烁着某种亮晶晶的东西。

倏然，他跪在了池边，规矩地向小池叩头，他身后的村民也跟着齐刷刷跪倒在地，肃穆地注视着发光的水池，甚至连幼小懵懂的孩童也跟着严肃起来。

整个城里只有我们三个外来人士还傻呆呆地鹤立鸡群般站在一旁，不久便迎上了村民们微怒的目光。凉辰赶紧拉着我跪下，而我也眼明手快地扯下了还无动于衷的维路希。

当大家的目光一同落在水池上，奇迹就在这时出现了！

三朵分散的莲花在泛起涟漪的水面上自动往中间聚拢，三花相碰，一时光芒四射，让人不得不眯起眼睛。模糊中竟看见三朵莲花相互吞噬，最后幻化成一朵巨大的银色的水芙蓉。水芙蓉生成一团烟雾，烟雾逐渐清晰，一个半透明的虚缈人影优雅地站立在花蕊上。

男人穿着一件神秘的黑色长袍，暗黑色紧紧地包裹着他的身体，一双暗紫色的眼瞳虽然只是淡淡地轻扫过跪在地上的人，却让人油然生出一种说不清的敬畏。

"又一个一百年了啊,时间过得还真快啊。"蓝色水芙蓉上的人轻柔的笑声在寂静的黑夜中回荡。

"感谢预言家大人保佑死亡城风调雨顺,百姓和乐,您将永远受到我等的景仰。"为首参拜的那位身穿巫师长袍的老人再叩了个头,浑厚的声音从嘴中徐徐吐出。

"呵呵,看见你们安居乐业我就能安心地继续长眠下去了。"那半透明男人的声音犹如清风,他开怀地笑着,然后再次化为烟雾消失在黑夜之中。

一切又恢复了正常,唯有整齐洪亮的声音在回荡。

"感谢预言家大人的守护,感谢……"

这到底是怎么一回事呢?刚才的人是谁?难道就是月明祖先遇到的神秘人?

Vol.2

晚上的死亡城热闹非凡,比起刚来这里时真是天差地别。宽阔的街道两旁集中了所有卖东西的摊档,道路上摩肩接踵,我被人潮挤来挤去,要不是凉辰牢牢地牵着我的手,我早就不知被人流冲到哪里去了。

凉辰牵着我的手?

没错,从刚才拉我跪下开始,他的手便不曾松开。他的手心微凉,蒙着一层薄汗。看着凉辰面无表情地拉着我在拥挤的人群中穿梭,我的脸染上了一层不易察觉的粉红。

不对不对!我不能想歪了,凉辰牵我的手纯粹出于友情,他是担心我被人流冲走而已,毕竟我是个地地道道的路痴。

维路希双手插在裤袋中嬉皮笑脸地对附近走过的少女抛出个媚

第八章 真伪十字剑项链

眼,把她们电得七荤八素。可能是察觉到我关注的目光,神圣不可亵渎的眼眸对上我的眼睛,透过他湛清的眼眸,我看到了有几分恍惚失措的我。

他抿着嘴唇凝视我的脸,没有说话。

他是想起Shadow了吗?那个他心爱着的女孩……或许他现在正透过我看着她,透过我的身体看向她的灵魂。

我沉默地低下头任由凉辰拉着,心中宛若被千万把锋利的箭刺得千疮百孔。

今天已经把所有的谜与误会都解开了,在凉辰带着两位村民到来之前,Shadow已经把所有的真相全盘说出来了。

而我也从中得知,维路希小时候被父母抛弃后,遇到的那个女孩便是Shadow,而且先前我误打误撞闯进去的那间被蔷薇包围的小木屋,是他们生活了五年的乐园。

就算维路希没有说出口,我也能知道他一直以来喜欢的都是Shadow,毕竟我是个局外人,看得更清楚。我那么喜欢维路希,那么在意他,怎么可能发现不了。

"影儿,想要见刚才的那位老人吗?"凉辰冰冷中略带温柔的声音为我驱赶了不少烦恼,我抬头对上了他担忧的琥珀色双眸。

"是刚才穿着巫师长袍的老人吗?"我眨巴着眼睛。

"他是这里的族长。"凉辰点点头,顿了顿,"也许他能帮到你。"

原来是族长啊,怪不得受到大家的尊敬与爱戴。回忆起刚刚发生的一切,如梦般神奇,然而一切都是真实的。

这次寻找神秘人后代的旅行,我必定一生难忘。

我们三人组冲破重重人流终于来到了一间最古老的小房子前。其实这是间很破旧的小房屋，墙壁上已经出现不少裂痕了，门户也是用破烂的木材制成，十分朴素简陋。

淡黄的光亮在窗户上摇曳，让人无法联想到这居然是威望甚高的族长的居室。

"这真的是族长的家吗？"我上下打量着这所破烂的房子，眼睛瞪得铜铃一般大。

凉辰的声音一如既往地平静："是刚才问到的，应该没错。"

"是那些村民骗人的吧？这屋子还真……简陋。"维路希也表示不太相信。

维路希还是一如既往地吊儿郎当，似乎一切都像最初时一样，好像什么都没有改变。

这时，关闭的木门"吱"的一声打开了，一位健壮的老人笑着眯着眼睛看着我们。

"你们是城外人吧？欢迎你们的到来，寒舍简陋，不介意的话，可以进来坐坐。"

也不知道我们刚刚讨论这个屋子的话族长听到了多少。

我尴尬地笑了笑："当然不介意，谢谢族长。"

我们三个默默地走进了小房子，里面的摆设跟外表一样简陋，没有豪华的堆砌，但有种莫名其妙的舒适与温馨，是一种家的感觉。

"不知道你们来找我是有什么事呢？"和蔼可亲的族长坐在藤椅上，他的脸上有着饱经风霜的皱纹。

我正色道："其实是想向您打听一些事情。"

众人把目光全都落在我身上。

第八章 真伪十字剑项链

我从衣袋里掏出十字剑手链,金绿猫眼宝石散发出炫目的光泽,在淡黄色的灯光下异常魅惑。

族长一见到手链,露出惊叹的神情,他的声音激动得都有些颤抖了。

"这……这难道就是传说中国王赏赐给预言家大人的十、十字剑手链?"

果然如我所想,刚才出现在蓝色水芙蓉上的人就是月明祖先遇到的神秘人。那么,族长可能会知道一些关于手链和神秘人后代的事情吧?

"那么,族长,你知道关于这条手链的事情吗?或者,你知道关于预言家大人后代的事情吗?他现在是否还在死亡城呢?我想找到他。"我的眼中燃烧着熊熊烈火,我已经下定决心了,无论如何,一定要找到神秘人的后代。

族长有点儿犹豫,他的目光一直锁定金绿猫眼宝石十字剑手链,陷入了回忆当中:"这个,其实我也只知道一点点,是我祖父告诉我的……

这条十字剑手链是当年预言家因挽救了涟漪国成千上万条生命,国君赏赐给他的,代表着国王对他的信任与肯定。而赏赐的不仅仅是手链,还配有一条项链,链坠都是金绿猫眼宝石的十字剑。

后来预言家就成为涟漪国的名人,我们死亡城人民心中的神,只因为他救下了整个国家以及这个小小的城镇。他经常到处旅行流浪,他的妻子和年幼的儿子跟随他走遍大江南北,后来却因为某种原因失散了,回来后预言家就预言,他的后代将会带着金绿猫眼宝石十字剑项链归来。

"最后预言家逝世了,我们按照他的吩咐把他的骨灰埋在死亡城中心的水池下面,他将会保佑我们千秋万代幸福美满,而且每一百年他的灵魂将出现在水芙蓉上一次,今天你们看到的,就是我们死亡城诞生节上的仪式……"

原来是这样,这么说,神秘的后代肯定不在死亡城了,而且很有可能不在涟漪国内,甚至不在涟漪岛上。那么我该怎么办?难道注定一辈子都不能回家吗?

他的后代将会带着金绿猫眼宝石十字剑项链归来……现在唯一的线索也只有这个了——金绿猫眼宝石十字剑项链。

Vol.3

第二天我们沿着原路返回,比较幸运的是这次没有遇上沙尘暴,可是如火炉般的太阳已经够让人难受的了,再加上迷宫一样的原始森林,我真佩服自己之前居然顺利到了死亡城。

回到森林之居,华朵啦激动地扑过来给了我一个大大的拥抱。

"天啊,影儿你终于回来了!担心死我了!"

华朵啦光滑洁净得犹如剥壳鸡蛋的鹅蛋脸在我脸上如猫咪一般乱蹭,脸上挂着魅惑人心的笑容,我也很不客气地捏了捏她的脸,两个人傻傻地发出"呵呵"的笑声。

"影儿,你们在途中遇到了什么有趣的事情?我很好奇哦,而且……我觉得你和维路希……呃,是不是有些不太对劲。"

我知道华朵啦把我视为姐妹,一直在担心我,所以我便把去死亡城所发生的事情告诉了她。当然,其中我特意省略了与Shadow有关的那件事情,我觉得那只能靠我自己去解决,所以还是暂时保密。

听完我的故事,华朵啦恍然大悟地扑闪着犹如羽扇般浓密的睫

第八章 真伪十字剑项链

毛,眼眸中流露出关心,她的声音仿佛天籁,在我耳边轻拂:"影儿要加油哦,既然喜欢上了那个可恶的家伙,就肯定会受到打击的,那个人就是这样。嘿嘿,其实呀,我觉得凉辰也不错嘛,他虽然看上去冷冰冰的,但我看得出他对你是一片真心。"

她的嘴凑在我的耳边,温热的气息拂在我的耳垂上。

"我跟凉辰只是朋友,你别想歪了。"我赶紧解释。然而却看到她的眸子中有一抹奇怪的光彩在闪烁,我看不懂华朵啦究竟在想什么,她把自己的感情埋藏得太深了。

"但他不是这样想呢……对了,你是要找那个预言家后代吧?如果他身上会有金绿猫眼宝石十字剑项链,那么我们就从这点下手查好了。"华朵啦的眸光一转,眼中那抹莫名的光彩瞬间消失得无影无踪,再也寻不着了。

"我也是这样想的,可是涟漪国说大不大说小不小,真不知道该怎么找到这样一个人,而且他现在也未必在涟漪国。"我托着下巴冥思苦想,如樱桃般水润亮丽的双唇上下翕动。

华朵啦嘴角一扬,露出一个自信的笑容,她胸有成竹地拍拍胸口,说道:"如果他在涟漪国的国土内,那就不愁找不着他了,有钱能使鬼推磨,这件事就包在我身上吧。"她一扭头,如同大海上汹涌波浪的棕色长卷发在阳光下划出一道美妙的弧度。

"那就麻烦你了哦。"我的嘴角也微微上扬,露出了一个信任的微笑。

有这样的朋友,真好!

目送华朵啦离开后,我也正准备离开。

"喂。"

突然,身后传来一道熟悉的声音,我回头,对上了一双神圣不可亵渎的眸子。

我的心猛地收缩，心中一阵慌乱。我故作镇定地清了清嗓子："怎么了？"

"没什么，只是想见见你。"他如大海般蔚蓝清爽的短发在橘黄色的路灯下隐隐闪耀着光泽，精致立体的五官在完美的脸上投落下一片阴影。

那一瞬间，莫名的喜悦蔓延至我的心头，仿佛是触击到了内心深处最柔软的地方，然而想得更深一层，却多了几分惆怅。

或许，维路希想见的并不是我，而是我身体里面的Shadow吧。

"你是不是在故意避着我？"他向前跨出了一步，我却退后一步，我们之间始终保持着原来的距离。绕了一个大圈，原来我们又回到了原点，谁都不曾跨越过最初的距离。

"我没有。"我心虚地把目光落在一旁的树木上，不愿再直视那双能把我看穿的眼眸。

我真的没有故意要避开他，只是……只是自从死亡城回来后，我远远看到他的身影，双脚就会像不属于我了一样走开，离他越来越远。

"是因为Shadow？你觉得我喜欢的是Shadow，所以故意躲着我？"维路希暮地轻笑，眸子中满是浓浓的玩味，连话语也带着几分讥讽的调侃，"可是乞丐小姐，我们明明是朋友啊。"

是啊，朋友，是我自己说想和他维持朋友关系的。他每一个字都是对的，但他的每一个字都像是穿心的利剑，把我的心伤得支离破碎。

我再也无法压抑自己的感情，我宛若一只受惊吓的小兽竖起所

第八章 真伪十字剑项链

有的棱角朝维路希大吼:"是,你说的全部都是对的,所以……我们还是别做朋友了,我真的压抑不住自己,我怎么可能忍受得了自己喜欢的人惦记着自己体内的精灵?"

我扔下这句话头也不回地转身离开,我跑得很急,很快就把愣在原地的维路希甩在脑后,连影子也寻不着了。

自从知道维路希和Shadow的关系,他每次看我,其实都是在看Shadow;和我说的每一句话,其实都是和Shadow说的……我觉得自己快疯了,被他们折磨疯了。

一滴泪水坠落在手背上,我这才发觉自己已经泪流满面,晶莹的泪珠在昏暗的路灯下闪烁着凄惨晶莹的光泽,急速奔跑的身影在一盏盏路灯下改变着大小。

我是怎么了?为什么泪珠失控地奔涌而出,哭花了脸?我以为自己经历了如此多的事情会逐渐坚强,原来还是不行啊……原来我还是脆弱得犹如温室中的小花,经不起一点儿考验。

倏地,我与一个颀长的身影撞了满怀,泪眼婆娑的双眸对上了一双琥珀色的瞳孔,透过那双湛清的眼眸,我看见了狼狈不堪的自己。

一双微凉的手摸上了我沾满泪珠的脸颊,冰冷的指腹轻轻拭去我滚烫的泪水。

凉辰凑近我的脸,专注地为我拭去眼泪,那双冰窖般的琥珀色眸子中流露出少有的温柔。忽然,他把沾有泪珠的指腹放在泛白的唇瓣上,吐出了两个冰冷的字:"真苦。"

他的五官纠结成一团,眉毛拧成疙瘩,光滑的茶色碎发在风中舞动。

这个傻瓜。我看着他缩成一块儿的脸,流着泪露出了一个淡淡的微笑。

"以后就别哭了，不值得。"凉辰摸了摸我乌黑透亮的俏皮短发，勉强地扯动嘴角，露出了一个纯洁善良的笑容。虽然笑容还是有点儿僵硬，不过已经比以前笑得自然了许多。

我欣慰地点了点头，却没料到他居然拥我入怀，两个身影在路灯下融成一个，我的脸上飘起了两朵火烧云。

他搂着我的腰，凑在我的耳边，声音很轻，仿佛微风一吹就散。

"不要再自己伤害自己了，我会很心疼的。"

一个黑色的身影躲藏在不远处的大树后面，神圣不可亵渎的眼眸紧紧地凝视着橘黄色灯光下拥抱在一起的两个人，慢慢地无精打采地倚靠着树干滑落在地上，蜷缩着身子。

然而这一切都消失在即将告别原始森林之旅的夜晚之中，没有人察觉，也没有人意料得到。

这个夏天的夜晚流动着不寻常的寂静，热闹的旅馆陷入了虚幻的安详中，唯有树丛中的野兽在吼叫。

Vol.4

再次回到城堡时已经是夏末，可仍然一片酷热，烦躁的知了在草丛中叫个不停，树枝上翠绿的树叶泛出了淡淡的黄色。

自从华朵啦张贴了寻人启事，城堡里就多出了许多个陌生人跟着宫中的仆人出入于公主的宫殿。

每天我和华朵啦都在疯狂的忙碌中度过，慢慢地也遗忘了让人心烦意乱的感情。用繁忙来麻痹自己，只有这样我才能走出维路希

第八章 真伪十字剑项链

的阴霾，重新找回自我。

"下一位……"为华朵啦捶背的女仆吆喝了一声，一个身穿华丽衣衫却贼眉鼠眼的健壮青年从门口走来，眼角不时瞟向宫殿中价格不菲的装饰品。

"你有什么可以证明你就是我们要寻找的人呢？"华朵啦琉璃球般的眼眸在青年的身上停留了几秒，眉头微蹙，甜美的声音在殿堂回旋，绕梁三日。

"你们要找的人不是有十字剑项链吗？我身上就有一条十字剑项链，而且是我从小就戴着的……我奶奶曾经给我说过，我是预言家的后代，我的祖先是伟大的预言家，还让我多试着预言，看能否继承祖先的能力。"健壮的青年咧开嘴笑，狐狸般鬼祟的眼睛直盯着魅惑美丽的华朵啦，露出神魂颠倒的笑容。

我的嘴角在抽搐，对眼下这位被华朵啦高贵典雅的外表迷惑到的青年产生质疑，他真的会是神秘人的后代吗？咳咳……可是我怎么觉得他跟预言家一点儿也扯不上关系？

"那你能拿信物出来吗？让我们验证一下。"华朵啦揉了揉发痛的太阳穴，一副疲惫不堪的样子。

真是辛苦她了，为了我的事情她忙了这么久，而且那些为了酬金而来冒充神秘人后代的人也特别多，这几天川流不息的陌生人都是冒充神秘人后代进入城堡的。

"这可不行，既然是如此贵重的东西就不能这么快拿出来。"那人的笑声让人发寒，他的眼中闪烁着奸诈的光芒。

华朵啦咬着牙问道："那要怎样？"

"我想请这位美丽的小姐答应我的求婚。"

"拖他出去，关在城堡的豺房里。"华朵啦已经忍无可忍了，朝两旁的守卫挥了挥手,双手无奈扶额。

那个鬼鬼祟祟的青年很快就被守卫拉出了宫殿,消失在视线范围内,可他那杀鸡般的吼叫声还污染着我们的耳朵。

"你们要干什么?我可是你们要找的人啊!啊——"

我已经可以肯定,他一定不是我们要找的人了,神秘人的后代怎么会这般没用。

我小心翼翼地凑到华朵啦跟前,心有余悸地问道:"为什么不直接把他赶出城堡呢?"

"哼,谁让他居然癞蛤蟆想吃天鹅肉向本公主求婚?我当然要给他点儿惩罚。"华朵啦双手环胸,气呼呼地说道。

我咽了咽唾沫,弱弱地举手:"那为什么要把他关到城堡的柴房?"

"豺房你不明白吗?养着豺狼的房。"

我对那人感到悲哀,希望他还活着吧。

诸如此类的事情能与夜空繁多的星星媲美,数也数不清。

某日的一个早晨,如纱般的阳光才刚爬上窗户,女仆就已经慌张地跑了进来,把我和华朵啦从甜蜜的梦乡中拉了起来。

呜呜……我刚才还正跟最亲爱的莱尔女士聊天呢!好怀念她的唠叨哦。

我们整理好仪表打着呵欠走到了会客的殿堂,只见一位少女安静地坐在椅子上,脸上泛着羞答答的红晕,宛如青涩的小女孩在等待爱人一般。

我在想什么啊?真是乱七八糟,居然联想到小女孩等待爱人……我跟华朵啦都是百分百的女孩啊。

第八章 真伪十字剑项链

阳光把金碧辉煌的殿堂照得闪闪发亮，少女害羞地低着头，淡紫色的直发被束成了两条长辫子分别垂至胸前，细碎的刘海儿遮挡了她的双眼，她安静得如同熟睡的婴儿。

"这位……呃……"华朵啦揉了揉蒙眬的睡眼，看着这个安静的少女一时说不出话，她凑到我耳边，轻声说道："影儿，她是不是睡着了啊？"

"应该没有吧……"我也产生了点儿怀疑。

"啊，对不起对不起，我叫奥琪，是看到了你们的寻人启事而来的。"坐在椅子上低着头的少女可能是听到了我们的议论，困窘地抬起头，脸颊红通通的，像极了熟透的苹果。她抬头的瞬间刘海儿碰巧给风吹起，光滑洁净的额头上露出了樱花花瓣的印记。

少女的声音清脆如黄莺，非常悦耳。

"哦，奥琪，你来这里想必就有能证明自己身份的金绿猫眼宝石十字剑项链吧？"华朵啦困意十足，声音中带有淡淡的疲倦。

"嗯……是这个吧？"奥琪羞涩地点头，从身上掏出一条项链，镶嵌着金绿猫眼宝石的十字剑项链坠在灿烂的阳光下闪耀着璀璨夺目的光泽。

我赶紧也拿出自己的十字剑手链与之相比较，无论是坠的外形还是金绿猫眼宝石所散发的光泽都如出一辙，找不到一丝差异。

难道奥琪就是神秘人的后代……我寻找多时的人？

"天啊，影儿，真的一模一样哦！她真的就是你要找的人吗？预言家的后代？"华朵啦看了看我手上的十字剑手链，又看了看奥琪的十字剑项链，嘴巴张成了O形。

"我想应该没错了，奥琪可能就是我要找的神秘人的后代。"我点了点头，脸上流露出难以置信的神色……终于找到了！我终于完成任务可以回家了!

可是,不知道为什么,我的心总是七上八下的,总觉得这么容易就找到了神秘人的后代有点儿不可思议,虽然其中经历了许多艰辛和磨难。

"奥琪,既然你已经出示了物件,我们也能接受你就是预言家的后代,那请你暂时留在城堡里。"华朵啦露出了一个释怀的微笑,宠溺地摸了摸我的脑袋。

"对不起,我有一个小小的请求……"奥琪站了起来,淡紫色的发丝在风中飘动,她的脸颊更加红了。

"什么请求?"我好奇地把目光锁定在这位害羞的少女身上,她手上的金绿猫眼宝石十字剑项链所散发的光芒刺痛了我的双眼。

她低着的头几乎埋在胸前,黄莺般清脆的声音飘到我的耳际:"我想……我想跟王子殿下约会。"

"什么?"我和华朵啦异口同声的惊叫打破了夏日早晨的宁静,冲出了公主宫殿,响彻整个城堡。

她想要跟华伊澈约会?Oh, my god!(噢,天哪!)

第九章 桃花乍现迷人眼

"你为什么要突然提起她呢?你跟她……是不同的。"维路希的声音中透着些无奈。

我跟Shadow不同?的确,我比她更胆怯,我没有她的坚强勇敢。而且,我也没有她跟维路希的过去……

Vol.1

清冽的月华从帷幕般的天空中倾泻下来,透过窗户洒落在大地上,万物镀上了一层淡雅的银色。树枝上的叶子被风吹得摇摇欲坠,几片枯黄的树叶纷纷扬扬地飘落在湖面上,荡漾出层层叠叠的涟漪。夏蝉的鸣叫声在园子里徘徊,几只小雀欢快地站在树梢上凝视着夏夜的美好。

我捧着一颗忐忑不安的心站在王子殿下的园子里,正琢磨要怎样把奥琪想要跟华伊澈王子殿下约会的事情说出来,而且……华伊澈会答应吗?还有更重要的是,他究竟在不在王子宫殿里面呢?

我的心犹如装进了一只活泼的小兔子,"扑通""扑通"地乱跳,皎洁的月光照射在我的脸上,紧张与不知所措显露无遗。

"月影儿小姐,你就准备一直站在我的园子里不走了?这里有那么让人留恋吗?我看你都站在这里好几个小时了哦。"守卫王子殿下的园子的是两位戴着高帽子的士兵,他们穿着整齐而且一致,胸前的金色徽章在皎洁的月光下分外刺眼。

我眯着眼睛望着这两位被高帽子的帽檐遮了大半张脸、一动不动好像什么事情也没有发生过的士兵,心中冒出了少许问号。刚才

第九章 桃花乍现迷人眼

的声音明明是在门口附近传来的,而且有点儿像是华伊澈的声音,语气中混杂着桀骜不羁。

"是谁?"我环视着四周,除了我和那两位士兵以外,整个幽雅深邃的花园中并无其他的人。

"是我。"我再次向门口望去,刚才那两位严守岗位的士兵同时转身看向我,而其中一位把高高的帽子摘了下来,抵在胸前向我鞠躬行礼,每一个细节都透露出绅士与王者气度。

他抬头的瞬间,我对上了一双摄人心魄的妩媚的单凤眼,温和的月华散落在他精致迷人的脸颊上,令人心醉。

"王子殿下!你怎么这副打扮?"我脱口而出道,却又想起他本来就喜欢扮演各种角色,赶紧尴尬地用手捂住嘴巴。

他很不客气地抛给我一个白眼,迈着优雅的步子朝我走来,张牙舞爪的银白色发丝随着他的脚步在风中舞动,柔和的月光把它们照耀得仿佛星际上的银河,美不胜收。我心中正感慨怎么会有这样一个奇葩的男生,一记栗暴已经往我的脑袋上砸去。

"哇!好痛!"我双手抱着头哭丧着脸蹲在地上,恶狠狠地瞪着他,他却不以为意地瞟了我一眼,双手环抱在胸前沾沾自喜。

"你真笨。老实交代吧,这么晚来找我有什么事情?"华伊澈俊俏的脸上不挂一丝多余的表情,他的嘴角冷冷地勾勒出一道霸气十足的笑意,两片如花瓣般妖娆的嘴唇微微翕动。

"我是有事情要跟你说,不过……呃,能不能换个地方?"我的眼角有点儿顾忌地瞟了瞟冷着一张脸规规矩矩地站在门口看守的士兵,那人虽然毫无表情,但我能察觉到他的眼角不时朝我们这边扫过。

华伊澈眼眉轻挑,嘴角的笑意更深了几分,似乎遇上了什么有趣的事情:"有什么事情就在园子里光明正大地说好了,干吗躲躲藏藏,见不得光吗?难道……"

他故意把声音提高了几度,锐利的双眸似乎能把我看透,让我的脸燃烧了起来,现在肯定像只蒸熟了的虾子一样红吧?

"还是另找个地方说吧,这里不方便。"我心虚地看向旁边的小湖,清澈透明的湖水在月光的照耀下波光粼粼,倒映出园子里的花花草草,包括难为情的我和轻佻霸道的华伊澈,还有门口的士兵……那双斜视的眼睛。

身为一名心无旁骛、忠于职守的士兵,他也真够八卦的了。

"好吧,那就去我的宫殿里长谈吧。"

华伊澈笑得一脸灿烂,比中午那个大火球般的太阳还要耀眼,他挑了挑眉,伸出手指戏谑地玩弄着如银丝般的长发。我有种被人玩弄在股掌之中的感觉,不过没有办法,毕竟有求于人。

我唯唯诺诺地跟在华伊澈身后,头也不敢抬地走进了被灯光照得仿佛白天一样的宫殿。额头一不小心撞上了坚硬笔直的东西,捂着隐隐作痛的额头不满地盯着华伊澈的脊梁,灼热的目光似乎要把他戳出个大洞。

这究竟是什么脊梁!简直比金属还硬,我的额头都要建筑起高楼了。

"有什么事情就快说,别浪费我宝贵的时间,我明天还要出去游逛。"华伊澈坐在椅子上,双手托着下巴,跷起二郎腿,一副傲娇到天上去的欠扁模样,眉宇间毫无顾忌地显露着桀骜不羁。

我咽了咽唾沫,脑子里回想着刚才拟出的话,在背后羞答答地绞着手指头:"那个……我想,我想请你跟一个女生约会……"

我话还没有说完,他就捂住肚子全然不顾半点儿形象地哈哈大

第九章 桃花乍现迷人眼

笑,狭长的双眸弯成了月牙儿,像是刚才听到了什么天大的笑话。

"哈哈……不会吧?你要我换个地方就为了说这些无聊的事情?拜托,想要跟我约会的女生多的是,就算是给那个没脑的士兵听到也无所谓吧。"

我咬着嘴唇让自己镇定,不能被他夸张的笑声激怒,人家可是这个国家的王子殿下,未来的国君啊,得罪不得!

"不过我觉得不怎么好意思嘛。"我的声音细小得宛如蚊鸣,风把我乌黑透亮的俏皮短发吹得乱蓬蓬,可我顾不得去整理,我的心已经失去了正常的跳动规律。

他妩媚的眼眉一挑,摄人心魄的单凤眼上上下下地把我打量了个遍,很没人情味地从口中吐出三个字。

"我拒绝。"

"为什么?"就算死缠烂打也要他答应跟奥琪约会,要不然我就回不了家了,我还要跟奥琪一起商量回去的方法呢。

"我对你没兴趣,所以——我拒绝。"他银色的发在月光下闪烁着刺眼的光泽,与清冽的月华相互辉映,他妖冶的相貌杀伤力百分百,衬着皎洁的月亮,更加流露出王者般的霸道。

"呵呵,王子殿下,我想你想错了,想跟你约会的女生不是我,而是另有其人。她的名字叫奥琪,是个非常秀气的女孩,从很小的时候就迷上你了呢,所以就请你跟她约会吧,一次就好,求求你了。"

我双手合十放在胸前可怜巴巴地用水汪汪的大眼睛注视着华伊澈,澄清灵动似水的眸子中闪烁着某种亮晶晶的光彩。其实刚听到奥琪的请求居然是想跟华伊澈约会,我和华朵啦都着实吓了一跳,没想到奥琪从很小的时候就非常崇拜华伊澈,所以希望我们帮助她完成一个小小的心愿。

经过我和华朵啦的商议，最后这个艰巨的任务就光荣地落在我的头上，我顿时被神圣的光环包裹得严严实实。

"奥琪？"华伊澈有点儿不相信地看着我，如花瓣般妖娆的双唇扯出一道清冷的弧度。

"对啊，虽然她很害羞，而且寡言少语，但是非常秀气漂亮。请你跟她约会吧！"我向眼前妖媚的少年投射出可怜光波。

"既然你这么有诚意来找我……嗯，我就勉为其难接受一次吧，不过那可是我的初次约会哦，无端端地就给了个陌生的女孩真可惜，所以我决定了……"他故弄玄虚地顿了顿，嘴角的笑意又深了几分，仿佛是遇到了好玩的事情。我真搞不懂这个人心里在想些什么，一会儿一个样！

"什么？"

"呵呵，看你都急成这样子了。我决定……不如把我的初次约会先免费赠给一个认识的女生比较有意义吧，所以，就你好了。能够与本王子殿下约会，你应该感到荣幸哦。"他妩媚的单凤眼中掠过一丝如狐狸般狡黠的光泽。

什么？他要跟我约会？我究竟走了什么狗屎运，居然碰上这么倒霉的事情了！还荣幸呢，跟这样一个危险人物约会，我不如从麦高唯亚山的钟塔上跳下来好了。

Vol.2

皎洁的月亮升上了高空，照亮了一片漆黑的夜空。诡异的月华从飘浮的云间倾泻而下，环绕着涟漪岛的海水被照得闪闪发光，起伏不平的波涛像是镶嵌着无数颗璀璨夺目的钻石，散发着清冷刺眼

第九章 桃花乍现迷人眼

的光泽。

耳际的发丝被清凉潮湿的海风撩起,海涛拍打礁石的响声惊天动地。空气中流动着无数湿润水分子以及……尴尬的气氛。

现在的我正与华伊澈在半夜三更约会,总感觉像电视剧中两个久未见面的小情侣一样。

看见久违的大海,刚到涟漪国时的一幕幕如电影般浮现在我的脑海里……我就在这一片暗潮汹涌的大海边认识了Shadow、邂逅了维路希,那两个被我视为生命中最重要的人。一切就在这里开始。

"接下来就尽情享受我们的约会吧。"华伊澈笑意盎然地打了个响指,牵着我的手把在凝望着深邃的大海发呆的我拉到了海边坐下。

我们坐在涟漪岛的边缘,悬在半空的脚下是一片泛着细浪的海水,偶尔飞溅起的浪花沾湿了鞋子,一阵湿湿的清凉如蛇般从我的脚踝蔓延至全身。

"我们接下来要做些什么呢?"我看向华伊澈,澄清的眸子被银白色的月华照得发亮,闪烁着奇异的光芒。华伊澈的侧脸被月华晕染出了淡淡的银光,他整个人沐浴在灿烂的月光之中,成为一个耀眼无比的发光体,银白色的发丝被强大的海风吹得张牙舞爪,像一头俊美的小狮子。

"我怎么会知道?对了,你难道也没有约会过吗?"他的目光看向遥远的地方,妩媚的眼眸中流动着一种像是期盼的光彩。

"是啊。"我毫无顾忌地对他坦白,反正华伊澈刚才也说了这是他的初次约会,我们都是没有约会过的人,接下来我联想到的情景还真有点儿搞笑……

在美丽纯洁的月光下,少男少女含情默默地凝视着对方。女生在男生灼热的目光下羞涩地低下头,通红的脸颊被月华照得明亮。

沉默许久的男生率先打破了宁静,绝美的脸上也蒙上了一层淡淡的红色,他有点儿局促不安地说道:"我们接下来要做些什么呢?"

哈哈!这情景还真够恶搞的,如果傲慢的华伊澈做出这种白痴的表情,我铁定会笑得半死,泪水四溢。

华伊澈好像看见了笨蛋一样鄙视地扫了我一眼,无声叹息:"那就随便吧,你想做些什么就做什么。"

我们两个都是笨蛋!把这么美好的月夜白白浪费了,我好怀念软绵绵的大床,现在华朵啦肯定睡觉了吧。都怪华伊澈,好好的约什么会!我想回去睡大觉!

"我想睡觉。"我小声地抗议。

"那就睡吧,你一睡着我就把你叫醒。"他倒是自得其乐地观赏海景,没有任何异议。可那话很欠扁啊!我一睡着他就要把我叫醒?那我还怎么睡?

我弱弱地再次问道:"那我们现在到底要干吗?"

华伊澈跟我拉开了一段距离,可我们的手还是紧紧地握在一起,我能清晰地感受到他手心带来的温暖。

他突然挑了挑眉,嘴角荡漾出一抹摄人心魄的笑意,透着点儿霸道的话语飘到我的耳中。

"我们去放纸船吧。"说着,他像是早有准备一样从身后掏出了五彩缤纷的纸条。

没想到他这么无聊,黑漆漆的居然要在海边放纸船,很危险的知道吗?

第九章 桃花乍现迷人眼

"不要。"我嘟着嘴巴,眼角不经意瞟到身边那个绝美的男生嗔怒的眼眸。

他抿着嘴唇霸道地把我扯到一边,把几张纸条和一支彩笔强制地塞进我的怀里,用警告的口吻说道:"别啰唆。把愿望写在纸上,然后折叠出小船就可以了,不过可别太贪心。"

"哦。"我被迫接下纸条趴在地上开始思考要写什么愿望,而华伊澈也背对着我一笔一画地在纸上写下了愿望。

许什么愿望好呢?华伊澈让我不要太贪心,那我许一个愿望就好了……不过究竟我现在最想得到的是什么呢?

回家?这个似乎已经不需要许愿了吧,都已经找到了神秘人的后代,回去是迟早的事情。

一阵海风拂过脸颊,我觉得莫名地熟悉。倏然,我的脑海中浮现出Shadow和维路希两人的面孔。

好吧,我已经决定了,我现在最想要的究竟是什么……其实心中早已有答案。

我大笔一挥,在彩色纸张的背后写下了几个清秀的字——

"Shadow和维路希永远幸福快乐!"

我满足地凝视着自己亲手写下的愿望,嘴角无意识地上扬,拉起一道甜蜜的弧度。

我和华伊澈都把折叠好的小纸船放在海面上,我们就站在海边,全然不顾微凉的海风吹乱了头发,专注地凝视与大海相比如此渺小的纸船随着浪涛漂浮,漂向遥远的远方,逐渐被吞噬在漫长的黑夜中,消失在漆黑深邃的大海之中……

我的心也随着纸船起伏不平地漂向了远处,但是那里究竟是什么地方呢?

Vol.3

不知道什么时候就沉沉地睡了过去,醒来的时候居然发现自己被华伊澈抱在怀中,他的头埋在我发里,温热的鼻息拂过我的脖子。我的脸上涌起一阵排山倒海的红潮。

难道我整个晚上就以这种姿势睡觉的?不会吧……

我小心翼翼地抬起头,对上的是华伊澈犹如婴儿般安详的面容,他那银白色的发丝也温顺地披散在背后,嘴角微微上扬,大概是在做一个美好的梦。

我不忍心叫醒他,就安静地任由华伊澈抱着,轻轻地偎依在他温暖的怀中。那一刹那间,我发现了我们的一个相同之处,原来我们都是个渴求温暖的孩子。

我把目光落在波澜壮阔的大海上,一望无际的碧绿波涛汹涌,放眼望去,起伏不平的波浪仿佛一座座翠绿的小丘陵,撞击起的浪花泛着晶莹的白色,在阳光下闪烁着耀眼的光芒。偶尔有几只海鸥掠过海面,在水面上划出一道道奇妙的弧度。

蔚蓝色的天空泛出了鱼肚白,橘色太阳染红了周边的云彩,天空与大海似乎连成一线,耳边全是呼呼的海风声,隐约能嗅到淡淡的属于海的清新气息。

"嗯……"微弱的嗓音从耳际拂过,我侧过脸,看到华伊澈缓缓睁开了疲惫的双眼,滚烫的血液都往脸上涌。

"已经早上了啊。原本还以为可以看到日出。算了……我们走吧,回去。"华伊澈揉了揉眼睛,很自然地松开我的手,还没等我反应过来就强横霸道地一把拉起我,像拖把一样把我拖回去。

我留恋地扭头看向那片汹涌澎湃的大海,心中酝酿起一种怪异的感觉。

第九章 桃花乍现迷人眼

走了没多久华伊澈就失踪了,果然来去无踪,明明刚才他还捉住我的手腕,任由我怎么甩都像牛皮糖一样甩不掉,可是一眨眼工夫他就没了影,手腕上的温度依然挥之不散。

我独自一人回到了城堡,沿途的士兵都恭敬地对我行注目礼,我没有点头回应,心里空空的,脑袋像是被人掏空了一般。

然而,肩头忽然被人拍了一下,转身看到了维路希额头上被阳光照得发光的汗珠。他喘着气,嗓音沙哑而有磁性:"喂……叫你这么久怎么都不理我?"

"啊?你一直在叫我吗?"我疑惑地打量着覆了层薄汗的维路希,他脖子上那朵如花般妖娆的胎记透出刺眼的光泽。

说实话,我不太想看到他。

他点了点头,很自然地与我并肩在城堡里散步,灿烂炫目的阳光从自在的白云上倾泻下来,我们紧挨着的影子投落在地面上,姿势非常暧昧。我下意识地盯着地上的影子看,脸上红潮泛滥,有点儿烫。

不知道是不是真的沉默是金,我们两个一直没有说话,只是默默地向前方走去,也不知道要去哪里。

"你昨晚去哪里了?"最后还是他打破了空气中流动的尴尬分子,看似平静的声音却撩动了我的心弦,内心最软弱的地方似乎被什么锥形的东西撞了一下。

他是在关心我吗?

"呃……昨天去海边了。"我像个犯错的孩子低下头不敢正视他,心"扑通扑通"地跳个不停。

我并没有看维路希的表情,只知道他的声音压得很低,但语气还是跟平常一样讽刺:"乞丐小姐跟王子殿下?想要飞上枝头变凤凰吗？夜不归宿胆子也是不小嘛，让我好找。"

他在找我？不会吧……他怎么可能来找我呢？难道是想Shadow了？

蓦地想起已经很久没有联系的Shadow，我的心一阵痉挛。我是怎么了？为什么总把维路希的关心联想到是他对Shadow的感情呢？

"这不关你的事！如果你想见Shadow可以直接跟我说，我可以让她出来的……"我深深地吸了口气，空气中携带着属于维路希的气味一同流入我的鼻腔，融入我的血液，紊乱我的心。

"你为什么要突然提起她呢？你跟她……是不同的。"维路希精致得不可挑剔的俊美五官被阳光照耀得犹如发光体一般，他的声音中透着些无奈，双眸的深处似乎隐藏着一丝痛苦的情感。

我跟Shadow不同？的确是的，我比她更胆怯，我没有她坚强勇敢。而且，我也没有她跟维路希的过去……

虽然我们同用一个身体，却又有着如此多的不一样。

"我知道的，那个……我先回去休息了。"

话音未落，我就不顾维路希急切的叫喊跑回了卧室，躲过了华朵啦疑惑不已的目光，一骨碌扑到床上用被子盖着脑袋睡觉。

眼睛虽然紧闭，可脑海中维路希俊美的面容却久久不散，他的每一个神情、每一个动作都像电影画面一样在我脑海中来回重复。

辗转反侧还是想着他……原来喜欢一个人竟会让自己如此难受，心中宛若有千万只蚂蚁在撕咬。

不知怎的便睡了过去，醒来的时候太阳公公那张通红的脸已经被远处的高山遮蔽了大半，夕阳的余晖透过窗户洒落在我的身上，有种暖洋洋的感觉。

第九章 桃花乍现迷人眼

　　脸上有点儿湿，看向枕头才发现原来自己刚才泪水不止，眼泪都沾湿了枕头，脸上的泪痕还没有干，在阳光下闪耀着晶莹的光泽，连视线也有点儿模糊。

　　怀中似乎有毛茸茸的东西在动，酥麻的滋味碰触着我的肌肤，我的怀中一阵温热。我好奇地拿开盖在身上的被子往怀里看，居然看到了一只毛色胜雪的小狐狸悠哉悠哉地躺在我的怀里，毛茸茸的小爪子轻轻抵在我的小腹上，眼睛享受一般眯成一条缝隙，还不时伸出舌头舔着身上的白毛。

　　我警惕地盯着这只半寐的小狐狸，身体像僵硬了一般一动也不能动。这只小东西怎么会出现在我的怀里？不过，它还蛮可爱的嘛……

　　小巧的身躯蜷缩成一团，像棉花一样雪白柔软的兽毛在空气中颤动，可爱的小耳朵微微摆动，细长的双眼乖巧地微眯。

　　咦？那是什么东西？

　　我捡起小狐狸身旁的一张小卡片。卡片上画着许多花纹，中央写着几个龙飞凤舞的字——

　　"乞丐小姐，不要生气了，送只小狐狸给你解气，以后就不要再绷着脸，很恐怖的知道不？"

　　我低头若有所思地凝视着那只小白狐，心中一种说不清的幸福在翻滚，嘴角也不自觉地扯起了一个甜美的弧度。

　　这是他送给我的第一份礼物呢……只是送给我的……

Vol.4

　　"我们真的要从这里跳下去吗？海水很冷的。"

　　"相信我。"

蔚蓝的海水拍打着礁石，泛白的波浪飞溅在空中，划破了夏日的寂静。阳光洒落在海面上，高低起伏的浪花闪耀着金灿灿的光泽，刺痛了我的眼睛。

岸边的两个身影把阳光拉得很长，海水中模糊地倒映出水灵俏皮的少女和冷淡平静的少年。风撩动着他们的发丝，乌亮的黑发和茶色的碎发在包含着湿润水分的空中肆意飞扬。

今天中午凉辰居然说要送我一份礼物，还把我扯来海边。对于海，自从来到涟漪国后就一点儿也不陌生。这里是个被海水包围着的小岛，到处都能感受到海风的触摸，那仿佛是母亲温和的手抚摩着肌肤。

"咚……"凉辰拉着我的手从岸边跳下了海，我紧张地赶紧屏住呼吸闭上眼睛。

身体被海水浸没后竟没有想象中那种刺骨的冰冷，反而还流动着一丝丝的暖意。我似是有点儿享受地闭着眼睛任由凉辰拉着我在海水中游动。海水碰触到皮肤有一点点凉，更多的却是犹如春日般细腻的温暖。

"睁开眼睛吧，不要害怕，有我在。"凉辰握着我的手更紧了些，我听话地徐徐睁开紧闭的眸子，一时疑惑起凉辰为什么能在水里说话。

他朝我勉强笑了笑，嘴角抽搐了一下，他的笑依然显得笨拙，可是能让人欣慰。"我已经用气把我们周围包裹起来了，所以我们在水里可以像在陆地上一样。"

"真的吗？"我有点儿惊讶地张大了嘴巴，有点儿担心地深深吸了口气。

真的可以呼吸啊！凉辰好厉害哦。我开始有点儿好奇他要送给

第九章 桃花乍现迷人眼

我什么有趣的礼物了。

我跟着凉辰一直往海的深处游去，五彩缤纷的鱼儿在我们的身边快活地成群游过，绿油油的海藻随着海水舞动着软绵绵的身姿，如少女般绚丽多姿的珊瑚悠闲地在岩石上生长。往水面上看去，斑驳的光点透过蔚蓝的海水照亮了整个大海，犹如一个晶莹剔透的琉璃球。

那是什么？不远处的石缝中隐约看到一丝清澈无杂质的光亮，好似树丛中散发光亮的萤火虫，又像夜空中眨着眼睛的星星。

凉辰拉着惊奇得像个好奇宝宝的我朝那如钻石般闪闪发光的地方游去。我的眼角不自觉地瞟到了凉辰的侧脸，他的嘴角似乎有着细微的上扬，虽然是淡淡的，却让人有种莫名其妙的温暖。

他笑起来就像个纯真的小孩子，那么无邪，那么可爱……

游过去一看才知道那发光的东西原来是一块石头，然而又并非普通的石子。它表面平滑光亮，神奇地散发着淡雅的光辉，仿佛天使头顶上的光环。隔着澄清的海水，清晰可见那石头内部刻着几个细小的文字——"记得幸福"。这四个字被明晃晃的光辉照耀得熠熠生辉，有一股暖流流淌过我的心田。

"送给你的礼物。"凉辰的语气平淡，宛如波澜不惊的湖面，可他那双琥珀色的双眸隐隐有碎光颤抖，他的瞳孔中是我略带兴奋的脸。

记得幸福……送给我的礼物……

谢谢你，凉辰，你永远是我最好的朋友。

他见我半天应不上一句话，嘴角依然尽量保持着原有的弧度，接下去继续说，声音很平淡，而我的心已被温暖包裹："只要你幸福，我就快乐，就算那个给予你幸福的人不是我。一直以来，我都知道你喜欢那个人，可是他却总让你伤心、让你难过，但我终究不是那个人，我不想像他一样使你流泪，所以我一直没有向你表明心意，一直以来都是，包括现在……你不必介意我的话，我们仍然是朋友，你永远是我唯一的朋友。即使我没法给予你想要的幸福，但我会默默祝福你。"

茶色的碎发在海水中温和地浮动着，凉辰冰封的瞳仁中暗自流动着柔情，坚毅的轮廓柔和了下来，嘴角的笑意隐去但依然俊美，双唇微抿。

"凉辰，谢谢你……"我颤抖着唇，有很多话想说，说出来的却只有这么一句话。我心里只能容下维路希一个人的位置了，我不想伤害凉辰，那个祝福我的朋友，我最好的朋友。

凉辰摸了摸我的头："回去了……嗯，别把那些话放在心上……"

我低头看着手中那块刻着"记得幸福"的石头，又望了望拉着我的手转身离去的凉辰，心在微微颤动，咬咬嘴唇压制住心中的那份疼惜。

后来凉辰走了，他把我送到城堡的大门处就离我而去了，我们似乎总是在经历分合，分了又聚，聚了便又会分离。

和煦的阳光投在他颀长的背上，我隐约感觉到他身上被一种奇异感伤的情感包裹着，他的脸上依然没有一丝表情，风撩着他茶色的发丝，那双琥珀色的眼眸动人心弦。我的耳边还回荡着他离去前的话。

"影儿，你真的想要回去吗？如果这是你所希望的，我愿意帮你。你要等我，只要我把重要的东西找回来后，就会告诉你一切……我能帮你找到回去的路。所以，一定要等着我。如果真的想我了，我还是会随传随到的，只要你对着天空大喊我的名字，风就会将你的思念带给我，我就会回到你身边了。"

虽然我不明白凉辰的话到底是什么意思，不过我真的很感激他，若不是有他，我想我未必能坚持到现在。

帮我找到回去的路？难道我现在找到了奥琪还是不能回去吗？我真的想要离开吗？经历了这么多的事情，我好像都快要融入这片被海水包围的土地了。

虽然说我以前居住的地方有我的亲人，而且那里是我从小生活的地方，可是，我却对于涟漪国这短短一年多的生活感到无比充实与亲切，渐渐发觉这里才是我最向往的住所。

这里有我所爱的人以及爱我的人，有我最亲密的朋友……我喜欢这里，我竟依赖这里的空气，这里的风，这里的阳光，这里的一切。

可我不能如此自私，我的家人需要我，所以我必须回去！对，我是要回去的！

我恍恍惚惚地走着默记于心的路，沿路是侍卫女仆忙碌的身影，熟悉的阳光气息披洒在我的身上，青葱的树木被照耀得泛着光泽，翡翠般的叶子近似透明。

就在我沉溺在自己的世界中时，一阵急促的脚步声从远处向我奔来，那人呼吸紊乱。

"影儿小姐，王子殿下正派人到处找您，您终于回来了啊……"是一个穿着暗蓝色布衣的仆人，他后背的衣服被汗珠浸湿了,短发凌乱,脸上有汗水在流淌,沿着脸颊滴落在地上。他半蹲在我的跟前,气喘吁吁地捂着猛烈起伏的胸口。

"找我什么事?"我疑惑地凝望着他,按理来说,华伊澈现在不是应该按约定在跟奥琪约会吗?难道他出尔反尔了?真是个可恶的家伙,还亏他是个王子,居然欺骗我的感情!

"……这个小人不清楚,不过我看到王子殿下把前几天小姐您带回来的那女孩捉住了,还很生气地下令把她关在地牢里,然后就派人四处找您,急召您到王子宫殿。"

什么?他是疯了吗?居然把我的救命树奥琪关到地牢里去?她可是神秘人的后代,没有她我铁定不能离开这里。华伊澈是存心要害我不能回去吗?实在是糟糕透顶,霸道野蛮的人……

"我这就去找他理论!"我撇下那个还未恢复过来的仆人径直往王子宫殿怒气冲冲地大步走去,眼中燃烧着熊熊烈火,心里早就把华伊澈骂了个够。

仆人看着我在阳光下毅然离去的身影,胆怯地咽了下唾沫,汗水继续犹如喷泉一般涌出。

第十章 寡言少女的阴谋

我不明白她为什么能在这么短的时间内改变了整个形象,不是外表的打扮,而是内心的形象,难道这才是她的真面目?

这个世界上,虚伪的东西太多,我已经越来越不会分辨是与非了。

Vol.1

阳光被树木遮住了光芒,却怎么也挡不了它的神圣,远处的灯塔如神明般沐浴在温和的光芒之下,尽情享受太阳蕴含着的强大力量。

隐隐约约地,我似乎又听见了钟塔稳重均匀的响声,它在空气中回荡,响遍整个涟漪国,犹如锤子一般,一下一下地落在我的心上。

当我的前脚一踏入王子宫殿的大门,原本高昂的志气仿佛被一盆冷水瞬间熄灭,环视着前堂一个个呆立在两侧,神态严肃沉寂,连大气都不敢喘的侍卫,内心有一种恐惧与担忧油然而生。

"你就是那个叫月影儿的女孩?"坐在中央的中年男人用如苍鹰般犀利尖锐的眼眸直瞪着我,他饱经风霜的脸上有着见证岁月的印记,可仍然掩盖不住那份与生俱来的高贵俊美。他有着一头与华伊澈相同的银白色长发,却又不如华伊澈那般张扬与霸道,发丝服帖地垂落腰间,透出让人敬畏的威严与傲气。

这个男人身份一定非同一般,他居然坐在了王子殿下与礼仪部部长的中间,而且拥有象征权贵的银发……难道他是华伊澈的父

第十章 寡言少女的阴谋

皇，这个国家的君主？究竟发生了什么事情，惊动到圣驾了？

我盯着他的脸看了很久，竟忘了回答他的问题。

华伊澈坐在那个男人的左边，维路希则坐在右边，两人又各自有着不同的表情。华伊澈的脸上虽然毫无表情，却能从他摄人心魄的单凤眼中读出愠怒与疑惑；维路希眉头微皱，拧成典型的麻花状，可他嘴角上扬，俨然一副看戏的表情，那双神圣不可亵渎的眸子流动着浓郁的玩味，然而，更深处又像在流动着怪异的光彩。

"咳咳。"华伊澈忍不住假装咳嗽了一声，他看着我，花瓣似的双唇动了动，却终究没说出一句话。

"啊……是的，我就是月影儿。"我从思绪中拉回神志，急忙应答，语气中无不显示出慌张与不知所措。

"你可知道我是谁？"那男人的神情依然严肃，强大的压迫感使我呼吸困难，每一根脆弱的神经都绷得紧紧的。

"是……是国王陛下吗？"我抿紧双唇低下头，整齐的刘海儿遮住了灵动的双眼。

他轻笑，却让我毛骨悚然。

我小时候从莱尔女士口中得知大多国君表里不一，即使他们笑得多么欢喜，可心中已早谋划出下一步。对于如此深谋远虑的人物，我是从心底害怕的，所谓伴君如伴虎。

"呵呵，真是个聪明的丫头，不愧当选今年选美比赛的冠军。不过，你知道我找你来有什么事情吗？"

我想也不想地摇头。

"把那个不知天高地厚的女孩带上来。"国王朝两侧的侍卫威严十足地喝了一声，一个个子很高的侍卫礼貌点头后就走了出去。不一会儿，瘦小的身影出现在大门口，橘红色的阳光把她的影子拉得很长。

是奥琪！此时的她狼狈不堪，淡紫色的长发凌乱地披散在背后，樱花花瓣印记在她的额头上似乎散发着粉色的光泽。她的脸上覆盖了一层稀薄的灰尘，原本乖巧可人的眸子变得凶狠毒辣。

她咬着牙恶狠狠地扫视着前堂的每一个人，包括我……

我不明白她为什么能在这么短的时间内改变了整个形象，不是外表的打扮，而是内心的形象，难道这才是她的真面目，从认识她以来，她就以一副沉默寡言的面具来对我？

这个世界上，虚伪的东西好像真的太多，我已经越来越不会分辨是与非了。

不过那条十字剑项链跟我的手链一模一样，连金绿猫眼宝石也是相同的光泽与形状。奥琪难道不是神秘人的后代吗？若不是，她怎么会有这条项链？

"该死的华伊澈！为什么这世界上死的人不计其数却没有你呢？都怪你，要不是你总喜欢偷跑出城堡……我父亲就不会死……呜呜……我要为……呜呜……为我父亲报仇……"

奥琪被高个子侍卫粗鲁地扔到地上，她咬牙切齿地指着华伊澈开骂，骂着骂着竟颓废地跪坐在地上，双手捂着脸抽噎起来，我看见眼泪从她手指的缝隙中流出，坠落到地上，划出一道道晶莹凄惨的弧度。

"这个人你认识吧？"国王平静的脸上并没有因奥琪的话而显露出任何表情，他还是绷紧一张好看的脸，犀利的目光像尖刀一样直刺我的心脏。

我点了点头，连话也不敢说一句，不知是由于害怕国王的威严，还是心中难以忍受奥琪的欺骗，反正我知道，现在心中隐隐作

第十章 寡言少女的阴谋

痛,好像千万只蚂蚁在撕咬。

"她今天胆敢行刺本君心爱的澈儿,而她又是你带到城堡里暂住,那你说该如何处置?"

"我……"

奥琪原来一直处心积虑想要利用我去接近华伊澈!她居然骗我了,她原来早有预谋,本就想要借他们单独相处的机会来刺杀华伊澈,她一直以来都只是为她父亲报仇……为了报仇,她利用了我,利用了我的感情!

为什么她们都喜欢欺骗我?我就这样好欺负吗?也许她们都认为我太懦弱了……Shadow骗我说她是我的影子,于是我相信了,我们从此共用一个身体;奥琪骗我去制造机会让她与华伊澈约会,但是一切只为了报仇……在我所信任的人当中,究竟还有几个人在骗我呢?是这个世界,太多的虚伪,还是我太容易相信别人了?

"国王陛下,现在还没证据证明影儿和奥琪是一伙的,我觉得我们不能草率处理这件事,应该调查清楚。"维路希脖子上淡淡的胎记宛若绽放出如阳光般刺眼的光芒,他炫耀似的对我笑,嘴角自信地上扬。

"嗯……希儿说得很有道理。奥琪,你可知罪?"国王严肃的表情缓和了下来,他亲切地对维路希微笑,然后把矛头转向奥琪。

我小心翼翼地松了口气,却见维路希在偷偷地比画出一个胜利的手势,唇边的笑更深了。

我可以理解成他刚才是在帮我吗?心中忽然会为了他的一个小动作而感到甜蜜,就像喝下了一罐蜂蜜。

"我没有罪!"奥琪歇斯底里地大吼,她黄莺一般清脆的嗓音被悲愤充斥,在前堂回荡,让人不禁哆嗦,"我根本没有罪……

错明明在华伊澈身上！如果不是他行踪飘忽，经常不务正业到处乱逛，作为父亲的你就不会把我的父亲分配给他，成为他的专属侍卫，还要求我父亲看着华伊澈，不允许他随便离开城堡……可是后来你的好儿子还是离开了，我父亲也因此失去了宫廷侍卫这份他向来引以为傲的工作……于是他一直闷闷不乐，最后郁郁而终。都怪你们，若不是你们，我父亲也不会离我而去！一直以来，我都跟父亲相依为命，现在他去世了，我自己一个人活在这个世界上还有什么意思！"

她双眼无神地死盯着华伊澈，两行热泪在脸上肆无忌惮地流淌，嘴唇已被咬得出血了，鲜红的血液混合着透明的泪水坠落在地面。华伊澈看奥琪的目光柔和了下来，有种叫内疚与忏悔的情绪在他的眼眸中滚动。

他双唇微启，欲言又止，而口型分明是——对不起！

他终究无法放下架子去真诚地道歉，他自尊心过于强大，连道歉的能力也丧失了，华伊澈也只是个可悲的人。

Vol.2

"你说这些是什么意思？只要有活的机会，为什么却偏偏要放弃呢？为了死去的父亲吗，可是你有没有想过，如果有一天你与他一样离开了这个世界，他会开心吗？你为什么就不能考虑一下他的感受……他把你抚养成人，就只为了你去帮他报仇吗？他是希望你幸福罢了，但你现在幸福吗，你现在只是每天生活在仇恨之中，被仇恨折磨。"

我还是没忍住，埋藏在心里的话一下子全抖了出来，宽敞的前堂里，我略显激动的话语在回荡，大家都不说话，抿着嘴唇看向

第十章 寡言少女的阴谋

我,陷入了一片沉思。

"难道我为我父亲报仇有错吗?"奥琪的眼眸闪烁着水汪汪的光泽,她由于过度哀伤,无力地坐在地上,紫色的发丝沾着泪珠。

"你没错……只是用错了方法而已。"维路希轻叹地摇头,他走到我身边,颀长的身段与我形成了鲜明的对比,如海水般蔚蓝的中短发在风中清爽地舞动。

抬头,我们目光对视,他对我笑,不知道是对我刚才那番话的肯定,还是在鼓励我、默默为我加油。

"呜呜……也许我真的错了,但我仍然不甘心,为什么你们要这样对我父亲,我最敬爱的父亲,唯一的亲人……"奥琪的眼泪如决堤一般来势汹汹,每一颗泪珠都仿佛落在了我的心头,我为这个身世悲惨的女孩感到惋惜,她的命运本不该如此,只是人有时候就是冲动。

人类,虽然是高等动物,却也是一种奇怪的生物。

我心中对奥琪欺骗的恨好像是被她晶莹剔透的泪水冲洗而去了,现在的我,不仅不恨她,反而对她的不幸感到怜惜。

我蹲下身体,挽起衣袖的一角,为她拭去脸上的泪水,她弥漫着哀伤的眸子注视着我。良久,她抱紧我,大哭起来。

"对不起,真的很对不起……我从一开始就是为了报仇才接近你,而且我骗了你……其实之前给你的那条金绿猫眼宝石十字剑项链是仿造的,因为我母亲从小生活在赫赫有名的贵族之家,那一颗珍贵的金绿猫眼宝石是她去世前留给我的,为了报仇,我就让人帮我仿造出跟你的手链一模一样的项链……我欺骗了你,你还对我好,我心里真的很过意不去……"她清甜犹如黄莺般的嗓音中充满了抱歉与感激,她勉强向我扯出一抹微笑,似是在感谢我。

"我知道了。其实我本就应该想到,神秘人的后代怎么可能这样轻易就找到啊,找到那个人,定不是件简单的事……我也要谢谢你,因为你,我曾感受过终于找到要找的人的喜悦,而且我更加坚定了一点,我一定要把他找出来,无论是天涯海角……我想我现在应该有能力去原谅一个人了,一个对我来说非常重要的朋友。"

在说最后一句话的时候,我有意无意地看了看维路希,他这时眉头淡锁,像是在思考着什么,可脸上依然挂着一如既往的微笑,一副吊儿郎当的模样。

Shadow,我有预感很快就能找到神秘人的后代,到那时候,你该怎么办呢?没有了我的身体,你又能到什么地方呢?

现在的我,已经原谅你了,只因为你是我来到这里的依靠,你是我一生中最重要的朋友……我们是朋友,对吧?

"嗯,永远永远的好朋友,影儿和Shadow定会永不分离。Shadow是影子,影儿的影子,你见过影子会离开自己的主人吗?影儿,谢谢你能原谅你那不诚实的影子。"

Shadow的声音久违地在我的脑海中响起。

我笑了,人生中第一次,笑得如此释怀。

我明白了,你是不会离开我的,对我不离不弃的人也只有你了。

一切真相大白。

事情其实并没有我们想象中的复杂。涟漪国国王顾念奥琪是因为自己父亲去世而产生怨恨,一片孝心,而且一部分原因还是出于自己的过失,于是决定从轻发落,判处她终生侍奉华伊澈,看管好这个行踪飘忽的王子殿下。

第十章 寒言少女的阴谋

华伊澈知道所有事情都是因为自己太贪玩所惹的祸,也只好快快答应。但是我想终生侍奉华伊澈对奥琪实在是个痛苦且严峻的惩罚,毕竟她父亲的死源于华伊澈,而且华伊澈是个怎样的人,我们都很清楚。

不过我觉得,奥琪跟华伊澈确实有点儿般配,如果以后他们真的在一起,也许是件不错的事情,嘿嘿,我有点儿期待这天的到来。日久生情,很多事情都是在岁月的流逝中而产生的,例如友情、爱情,还有亲情。

至于我跟Shadow,自从那天我原谅她后,她就经常陪我聊天,有她的日子,是我最珍惜的时光,亦是我最开心的时刻。

我喜欢抱着维路希送给我的那只毛茸茸的小狐狸,Shadow总爱笑话我花痴,说我抱着那狐狸的样子很陶醉,就像维路希就在眼前一样,我恼羞成怒涨红了脸掐她,可痛的却是自己……啊!我居然忘了自己跟她用的是同一个身体。

有一次,我还是压制不了心中的好奇去问Shadow,她现在到底还喜不喜欢维路希。

"喜欢啊,不过你放心。我跟你喜欢的不是同一个维路希,我喜欢的是以前让人疼惜的维路希,而你是喜欢现在嬉皮笑脸的维路希。就像我跟你一样,我们共用同一个身体,却又是不同的人。"

这便是她的回答。我发现我们都是同样的人,喜欢执着于某些事情,不管多久依然坚持。

真的谢谢你,Shadow。

凉辰离开已有几个星期了,他要找的东西还没有找到吗?他说过会帮我离开这里的,我相信他一定能办得到,因为他从来都不会骗我。

豪华美丽的哥特式城堡还是跟我刚来时一样，变的只是人。

华朵啦跟我说："维路希是喜欢你的。"

"朵啦，如果他真的喜欢我，当初就不会拒绝我。"

"当局者迷，旁观者清，我想连他自己也没有发觉吧。"

于是，不久我又碰上了维路希，他脸上招牌的吊儿郎当式笑容让我有点儿恼怒。这就是华朵啦所说的喜欢吗？怎么我一点儿也不觉得？

天空被乌云笼罩，铅色的苍穹没有一丝光芒，失去了往日灿烂的光辉，只有麦高唯亚山上的钟塔不知疲倦地发出稳重的响声。冰凉的风吹过肌肤，有种刺骨的阴冷，我抱着雪白的小狐狸百无聊赖地坐在后花园的亭子里，不满地盯着乌云压得越来越低。是要下雨了吗？

我轻轻地抚摸着小狐狸软绵绵的毛，它享受一般半眯着眼睛。忽然，它从我怀中跳了出来，轻盈的身姿犹如舞动的精灵，在空中划出一道优美的弧度。

我刚反应过来，那顽皮的小狐狸已经跑出了后花园，我赶紧去追它，风把我黑色的秀发吹得凌乱。

我快要捉到那身手敏捷的小家伙，它却跳到了一个人的肩上，舔了舔爪子上的毛。

我对上了一双盈满浓浓的玩味、神圣不可亵渎的眸子，他清爽的蔚蓝发丝也被狂风吹乱了。我们静静地对立而望，我看见他完美得不可挑剔的俊美面容上荡漾出一抹淡淡的微笑。

"是小狐带你来的吗？"

小狐？应该是他送给我的那只小狐狸吧。

我老实地点了点头。

"嘿嘿，乞丐小姐，那么我们就顺应一下小狐的心意，一起出去玩吧。"他眼角微微往上翘，自然地伸手为我整理了一下凌乱的头发，修长的手指碰触我的头皮，一股温暖的感觉缠绕着我的心，不管风有多猛烈，我也感到犹如春天般的温和。

"可是就要下雨了啊。"

"怕什么，大不了就淋雨咯，又不是没淋过。"

"……"

Vol.3

凉爽的海风吹起了我们的头发，蓝黑相交，我们的发丝偶尔会在风中纠缠，乌云压得很低，直逼海平面。浪涛怒号，汹涌澎湃的海浪在深不可测的大海上起伏不定，拍击着礁石，飞溅起无数雪白的浪花。

海燕在危机四伏的海面上高傲地飞翔，抵着狂风嘶叫，好比一头头凶猛的小狮子。一股淡淡的咸味伴随着空气进入鼻腔，耳边是呼呼的风声……这就是暴风雨来临的前兆。

我不满地瞪了身旁笑嘻嘻的维路希一眼，他不以为意地耸耸肩，笑得灿烂，那笑容纯洁无邪得宛如一个小孩儿。

可恶的维路希，也不知道他是不是故意找碴儿，竟像拿拖把一样把我拖出了城堡，来到这个波涛汹涌的大海旁。现在就快要下大雨了，他却看着海面自得其乐。

"乞丐小姐，记得这个地方吗？"他问道，目光落在遥远的地方，似乎是在凝视着海的对面，可我随着他的视线看去，依然只有起伏不平的大海。

"啊？"我被他问得一头雾水，脑袋短暂性短路反应不过来。

"你记性还真够好啊，乞丐小姐你居然敢不记得这里了？这里可是我们认识的地方啊，笨蛋！"他笑着对我做了个鬼脸，还奖励我脑袋一记栗暴。

对哦，这里是我们认识的那个地方，时间过得真快，眨眼间已是一年，这里却依然没有改变，但是我知道，我是变了。

我应该变得坚强了，毕竟人是会长大的。

"……嗯。"我迎着海风，忍不住露出了微笑。

"记得刚见到你的时候，你那脏兮兮的模样让我觉得好笑，联想到了路边的乞丐，于是我就给你起了乞丐小姐这名字，哈哈……后来才发现，这名字真够特别，因为只有我这样叫你，他们都是影儿影儿地唤你，唯独我会叫你乞丐小姐。"他越说越得意，脖子上的淡红色胎记在风中闪烁着耀眼光泽。

"哼。"这个家伙居然因只有他一个叫我乞丐小姐而高兴？他脑子真是呆了，我可不喜欢他那名字，把我叫得这样一文不值。

"知道吗？其实你跟我打斗那一瞬间，我感觉自己似乎能够透过你看到她。呵呵，后来才发现，她原来一直都在你的身体里面，一直保护着你。"

她？是指Shadow吧。我咬着嘴唇，风把我乌黑亮美的头发都吹到了脸上，我的肌肤被头发弄得痒痒的，心里最柔软的地方似乎被什么尖锐的东西戳了一下。

"你……还喜欢她吗？"我不想把这个问题一直埋藏在心底，我想要证明华朵啦的旁观者论，虽然Shadow说她只喜欢以前的维路希，可我不肯定维路希跟她一样，也只喜欢以前的她。

"不知道啊，其实我很早以前就开始思考这个问题。怎么说

第十章 寡言少女的阴谋

呢,也许我从前对她就不是男女之间的喜欢,可能我只是依赖她,把她当成亲人而已,而她的突然失踪让我没有了任何依靠,于是我就把这种失落的情感误认为是喜欢。"

那你喜欢我吗……我很想这样问他,可是当看到他那双神圣不可亵渎的眸子里流动着一丝怀念的光泽,话语就卡在喉咙里。

"影儿,幸福是要靠自己把握的,跟他说吧,趁着现在有机会,就和他说清楚,如果等到以后你要离开了,大家都把话咽在肚子里,最终痛苦的还是自己。" Shadow默默鼓励我,她的声音洋溢着祝福的情感,我知道她希望我幸福。

"维路希……"

"影儿……"

我们两个同时转过身看着对方,不约而同地嘴唇微启。然而,在我们还没有把话说完的情况下,乌云密集的苍穹划过一道刺眼的闪电,随即"轰隆"一声巨响,倾盆大雨排山倒海地从云朵中泻下,仿佛云端上一泻千丈的瀑布。

"快跑,我们找个地方避雨。"他拉起了我的手,顶着如海水般滔滔不绝的大雨奔跑,手心传来的温暖让我内心一颤,我目光闪烁地盯着十指紧扣的手,心中被一股甜蜜的滋味填满。

我想我是很喜欢他的,喜欢到连自己也无法想象。Shadow说得对,幸福不是靠别人给予的,而是要自己把握,如果连自己的幸福都不会去争取,那我还想争些什么呢?

我下定决心一般停住了急促的脚步,维路希疑惑地转头看我,也停住了奔跑的脚步,周围只有哗啦啦的雨声以及阴魂不散的风声,除此以外,就是一片寂静,我们谁也没说话。

"怎么了?"他问我,略带沙哑却又富有磁性的声音混合着雨水滴落地面的声音进入我的耳朵，我抬眸凝望着他。

"你刚才想要说什么？"

"没。"他对上我直视的双眼，尴尬地别过头，脸上浮现出可疑的红晕，"你呢？刚才想说什么？"

我们的衣服都被雨水淋湿了，雨水顺着头发一直滑下，我的心在颤抖，深深地吸了口气，我扑入他的怀中，这里全是属于他的气息。

"你……"他显然有点儿惊讶。

我把头埋入他的怀里，浑身的血液都在炽热地奔腾，脸颊一阵滚烫的感觉，我一时不敢看他，只好一声不吭地抱着他。现在的我有种想要挖个地洞跳下去的冲动，我……我这也太冲动了吧！

而与此同时，在我扑入他怀中的那一刹那，一件银色的小物件从维路希的裤袋中掉了出来，坠落在地上发出清脆悦耳的响声。

"影儿，你看看地上那条项链！"Shadow的声音忽然在我混乱的脑袋中惊呼，我不知道该如何是好，是该继续保持这个动作，还是朝地上看去呢？

"影儿……我……好像喜欢上你了。"他平静地说着，可我的脑袋经不住打击地"嗡嗡"作响。

喜欢上你了喜欢上你了喜欢上你了……他喜欢上我了？

"所以……能不能不要离开我。"他也抱住了我，下颚抵在我的头上，灼热的鼻息拂过我的肌肤，血液沸腾得更加厉害。

然而，眼角不安地往地面一瞄后，我心中更是打翻了五味瓶一般很不是滋味。被雨水冲刷着的地面上，一条金绿猫眼宝石十字剑的项链赫然安静地躺在那里，任由大雨把它冲洗得闪闪发光。

手腕上一阵温热，我看见了十字剑的手链透着银色的光泽，而地上的项链也被纯洁的光芒包裹着，仿佛神圣的天使环。

第十章 寡言少女的阴谋

"你怎么会有这条项链？"

Vol.4

世界再一次归于平静，只有淅沥的雨声在耳边回荡。我像个初生的婴儿一般偎依在维路希的怀里，贪婪地吮吸着属于他的那种独特的气息……隔着一层湿透了的衣服，我感觉得到他炽热的温度，犹如一个小小的太阳，温暖我已浸泡在雨水中多时的冰凉的心。

维路希没有回答我的问题，搂在我腰间的手力度却猛然大了几分，腰部传来一阵轻微的疼痛，我下意识地咬住了嘴唇。

仿佛过去了一个世纪，雨并没有要停止的意思，依然我行我素地下着。温热的鼻息在耳际环绕，他的声音低沉沙哑，如风吹过叶子发出的声响，让我失神了："……你是要走了吗？找到了项链的主人，你就要离开这里了吗？"

"嗯……"

"涟漪国不是很好吗？为什么还要拼了命去寻找这条项链呢？真的那么想回去吗？"

"嗯……"

"你真的要离开我吗？"

"嗯……唔……"我还没有反应过来，他的嘴就吻了上来。他竟然敢偷袭我！他怎么可以这样……

虽然心中有点儿不满，可大部分感觉被甜蜜充满着，我看着他的眼睛，时间暂停在了这一刻。

"我只是不想你离开我而已……真的不希望你从此就在我视线里消失。"

他的声音很轻，脆弱得仿佛薄冰般的玻璃玫瑰，我的心在颤抖,害怕他就此被我伤害得支离破碎。

雨停了,聚拢的乌云渐渐被清爽的风吹散,天空像洗涤过一样清新,大地沉溺在晶莹的雨水中不能自拔,就如我的心。

树叶被雨水冲刷得一尘不染,绿得可爱,连细小的叶脉也能看得一清二楚。耳边是鸟雀欢快的叫声,有点儿乱,听着让人心烦。

空气中弥漫着雨过天晴的湿润气息,脚下是一片泥泞的道路,偶尔不小心踩上个小水洼,泥黄色的水飞溅在裤管上。

维路希皱着眉头,厌恶地盯着我被泥水染成泥黄色的白色裤子,"笨蛋"二字脱口而出。原本我还会因刚才雨中发生的事情而感到害羞尴尬,但现在心中的怒火被他挑起,我当然毫不留情地连抛几个大大的白眼,冷哼道:"你才笨,偷偷藏起项链的事情都被我知道了。"

"是啊……我真的很笨,"他耸耸肩,做出一个不以为然的表情,脖子上淡淡的胎记显得有点儿懒惰,"笨得连自己的心都丢了。"

是种漫不经心的语调。

没想到他会说出这样的话,我一时不知道该怎么接话,最终只好选择沉默,抬起头仰望天空。

依然如此澄清明亮,纯洁得像一张白纸,蓝得宛若一泓清泉。在这一年多的时间里发生太多的事情,似乎一切都模糊了以往的样子,却只有它仍然这副模样,心中倏然多了几分感慨。

我终究会长大,再也回不到过去,虽然会怅惘,会迷茫,但是更多的是愉悦,为自己的成熟感到开心。

我们谁也没有再说话,我不知道维路希在想着什么,不过我

第十章 寡言少女的阴谋

能感觉到他不时停留在我身上的目光,有种让我的心为之一颤的炽热。那是我爱着的男孩,可为什么当我知道他也喜欢我的时候,心中竟然会感到矛盾呢?

透过交错重叠的绿叶,我看见了一间小破庙,被岁月的痕迹冲刷得失去原本光泽的红色瓦片在阳光的照耀下闪烁着水珠的光泽,灰黑色的外墙上几条如蛇一般的裂痕在肆无忌惮地盘踞,破烂的木门被刚才的大雨淋得湿润。

啊!这不就是我刚来涟漪国时避难的小破庙吗?我还跟凉辰在这里度过了一段美好的时光呢。

手心一暖,低头看去,是维路希拉起了我的手,他的手心一如既往地温和,让人舒心。他牵着我的手步入了这间小破庙,仍然一声不响,这真不像他的风格呢,其实我还是比较喜欢那个经常损人的维路希,至少那时候的他像太阳一样散发着光辉,而一言不发的他总会让我畏惧,他有种与生俱来的霸气。

小破庙比以前更加破旧了,由于刚下完雨,布满灰尘的地面上有一个个小水洼,清新明澈的阳光透过屋顶上瓦片的缝隙射入小破庙,屋顶还在漏水,水滴落在地上发出"滴答滴答"的声音,似乎在应和庙外小鸟的鸣叫。

"你以前来过这里吧?"他终于说话了,嘴角微微上扬,眼瞳中闪烁着光泽,很自信,我就喜欢他这个样子。

"嗯,我以前在这里住过呢。"

"哈哈,乞丐小姐住破庙,绝配哦!"维路希又开始毫不留情地损我了,脖子上如花般绽放的淡红色胎记透出顽皮的光彩。

"哼,你就知道损我……快说吧,带我来这里干什么?"我无视他的嘲笑。

他松开我的手,靠着旁边的柱子斜眼凝视了我良久,怪腔怪调地说道。

"你不是想知道那条项链是在哪里找到的吗?我现在就告诉你好了……就在这里,这个跟你很般配的小破庙里。"

第十一章 与涟漪岛说再见

离别，总是最伤人的时刻。

"各位，后会有期。"我登上小船，朝岸边挥手，凝望着那岸上越渐缩小的人影，眼泪忍不住流了下来，我捂着脸抽泣，默念着Shadow的名字，却迟迟得不到回应。

Vol.1

在维路希松开我的手那一刻,手心一凉,我心中萌生出一股莫名的难过。我大概明白他的意思了,他想放开我的手,让我走。

"什么时候找到的?"我下意识地捏住了拳头,手心还保存着他的余温。

"在你们离开这里的几天后吧,那时候我来过,在地上捡到了这条项链……原本以为是你的,想看看你着急的样子就没告诉你,后来你要找它,我曾经想过要把它还给你,却又知道了你找到这条项链就会离开这里,不知怎的,我居然不想把它还给你了……想想还真有点儿可笑啊,我一个大帅哥居然为了一个傻里傻气、做事情不经大脑的女人做出这么滑稽的事情。"

他突然大笑,湿漉漉的衣服紧贴在他略显单薄的身体上,我分明能看到他在颤抖,却不知道要说什么才好。

"这么说,这条项链应该就是凉辰的了……那么也就是说……"脑海中的答案已经呼之欲出。

"项链的主人是凉辰,他就是你要找的人。"维路希说得很平淡,好像是早知道事情的真相一样。维路希的目光与我疑惑的目光

第十一章 与涟漪岛说再见

在空中相遇，他竟有点儿不好意思地低下了头，耳根泛出了淡淡的红色。

"你不要这样看着我，其实他前几天来找过我。"

"他不是走了吗？"

"笨蛋，他能去哪里？这里才是他的家啊，这个涟漪国才是他的归宿。他是无法离开这里的，他的灵魂里面刻有这里的一切。"维路希像看白痴一样横扫了我一眼，然后独自呵呵呵地笑个不停，让我丈二和尚摸不着头脑。

我走到维路希旁边，从他的侧脸看去，我看见了他眼角有泪光。我心中不忍，像被钝刀凌迟。我叹了口气，说道："所以他回来了，对吧？即使会被人追杀也还是回来了。"

"嗯，再过些日子吧，他也快要回来了。"维路希说了句莫名其妙的话，今天他是怎么了呢？净说些古怪的话。

"他回来了我就可以离开这里了吗？他现在去哪里了？"

"大概可以离开了，真的那么想要离开吗？……他啊？去找回遗失的东西。乞丐小姐，你现在这么关心他我可是会吃醋的哦，怎样说，我们可是有关系的人哦。"他嘻嘻笑着，刚才的哀伤一扫而空，瞳眸中流动着神采奕奕的光彩，蓝色的碎发被微风吹起，仿佛是在向美好的未来招手。

"什么有关系的人？我跟你有什么关系？"我注意到了他正在盯着我的唇，脸上像是烧起了热水，滚烫滚烫的，为了让自己良心安慰些，我故意放开嗓子大吼。

"某乞丐恼羞成怒啊，真像头发疯的狮子，不对，应该是母老虎。呵呵，什么关系呢？需要我帮你回忆起来吗？"维路希挑了挑眉梢，又恢复了典型的嬉皮笑脸模样，真佩服他的恢复能力。

"维路希!你去死吧!"我的小宇宙要爆发了,他是故意要气死我吗?可恶!

捏紧粉拳准备一拳揍过去,可身旁那人不知道什么时候已经跑出了小破庙,在门外向我挥手,嘴中还念念有词:"你反应真慢,我都已经出来了你还在原地发呆,还想打我咧。哈哈,乞丐小姐的速度比乌龟还慢啊!"

"可恶!维路希,你给我滚回来!"我愤怒地挥起拳头追着维路希就要打他,可那小子跑起来跟猎豹似的,"逃命"之余还不时扭头朝我做个鬼脸。

真的气死我了,他就那么想让我英年早逝吗?我还想多活几年啊。

真相已经浮出水面了,一直寻找的人原来近在眼前,为什么我以前一直没有察觉到这一点呢?为什么我不曾想到过凉辰就是神秘人的后代?我真是个笨蛋,我想这就是"当局者迷,旁观者清"。

一年的时光如白驹过隙一般流逝,走了那么多条弯路,终于知道了要找的人究竟是谁,可是却在这期间丢失了自己的心。

我不想离开维路希,他是我第一个喜欢上的人,也是第一个说喜欢我的人。可是我不能一辈子待在这里,因为我知道在与这里相隔一个辽阔的海洋的陆地上,有亲人在日夜惦记着我,不知道现在父母回家了没,不知道现在莱尔女士还是不是像以前一样唠叨,不知道那些烦心的记者还能否记起一年前为了庆祝我十八岁生日以及首次冒险而隆重举办的生日party(聚会)。

华朵啦告诉我华伊澈最近跟奥琪走得特别近,而且被奥琪管得死死的,哪里也不敢去,每天安分地在皇宫里看书,当然,身边还

第十一章 与涟漪岛说再见

伴着美人儿——奥琪小姐。

"你说他们是不是真的好上了?"我啃着一只鸡腿,口齿不清地问眼前的可人儿。柔和的微风撩动着轻纱般的窗帘,窗外的树木影影绰绰,园中小池披着一身月华,波光粼粼。

华朵啦脸上洋溢着高贵典雅的微笑,琉璃球似的大眼睛闪过一丝狡黠的光泽,她啜着茶,说道:"估计是真的好上了,可是华伊澈那家伙你不是不知道,他眼睛长在头顶上,总看不起别人……其实我觉得奥琪蛮好的,温柔孝顺、贤淑大方,而且长得也不错,特别是那声音像黄莺一样婉转动人……哈哈,最重要的是,她能把我那桀骜不羁的哥哥管得服服帖帖。哈哈,看他现在那想玩失踪却被人保镖式的二十四小时'侍候'得生不如死状,真是大快人心啊!哼,真是报应,谁让他以前总在我面前炫耀自己可以到处游逛。"

呃……这对兄妹还真让人汗颜。华朵啦估计是最喜欢奥琪的最后一点,就是能把他哥哥管得服服帖帖。

"你想说什么就直接说好了,不用拐弯抹角。"我漫不经心地瞟了华朵啦那精致的鹅蛋脸一眼,早就知道"无事不登三宝殿"这句话,看她一副胸有成竹的模样,肯定是有什么要我帮忙的了。

"我就知道影儿最明白人家的心思,其实也没什么啦。只是想跟你一起当个红娘,让有情人终成眷属。可是呢,这红娘我从未当过,所以想跟你商量商量。"华朵啦稍微低下了头,羞答答地用手指绞着衣角。

其实并不是想当红娘,只是想让奥琪名正言顺地"调教"华伊澈。我心中早明白她的心思,不过说真的,华伊澈平日也太嚣张了,真要找人管教管教。

"当然……没问题啦!那我们就商讨一下红娘大计吧。"我欣然点头答应。卧室的墙壁上,投映着两个凑得很紧的脑袋,发出细微的嘀咕声,好像在商讨重大机密。

在附近经过的仆人,不时会听见从华朵啦的卧室中传出的笑声,衬托着四周凄清萧瑟的气氛,让人毛骨悚然。

撮合华伊澈跟奥琪的计划已经在我和华朵啦精密的布置下暗暗进行,就让我在离开这个记载着我美好回忆的地方以前,做一件成人之美的好事吧。

Vol.2

最后经过我跟华朵啦的商议,决定组织一次有预谋的旅行——成人之美海上终极三日游!

可是在出发的时候发生了一段小插曲,维路希不知道从哪里打听到了我们要去旅游的消息,死缠烂打地要跟来,没办法之下也只好带上他这个"包袱"了。

大海对于涟漪国的子民来说是再熟悉不过的,他们就居住在一个四周被海水包围的岛屿上,并且这是个神奇的岛屿,它总是会在不知不觉中移动,飘忽不定。

谜一般的岛屿,谜一般的王国,谜一般的人……这一切都出现在我的十八岁之中,它们把我的人生彻底颠覆。

这是巧合,也是命运,似乎冥冥之中有一条透明的细线,将所有的一切都紧密地联系在一起。

我张开双臂,闭上眼睛惬意地迎着清凉怡人的海风,深深地吸了口气。此时我们五人已经置身于涟漪岛周边的大海上,洁白的小游艇在深蓝的海面上留下一行痕迹,眨眼间又被翻滚的浪涛遮掩得无影无踪。

"乞丐小姐,在想些什么呢?"维路希熟悉的嗓音从身后传来,我咧开嘴嘻嘻地笑,继续享受着海风的爱抚。

"想你啊,想我在这里经历的一切。"

"不知不觉我们相识一年半了,就好像昨日发生一样,我还记得你那脏兮兮的脸蛋和眼泪汪汪的大眼睛,看我时还特可怜,像个无家可归身无分文的小乞丐。"

"呵呵,你也好不到哪里去吧,形色古怪,像个疯子,我都没嫌弃你,你还敢说我?"我扭头撇撇嘴,不满地盯着他那张俊美的面庞,可能以后没有机会再看了呢,现在赶紧多瞧几眼。

维路希大概是被我盯得不好意思了,别过脸不看我,然后略带兴奋地指了指船舱,眼眸中浮现出了玩味的笑意,那个吊儿郎当的主又回来了。

"哟……目标出现了。"

果然,顺着他的手指看去,华伊澈跟奥琪双双出现。

走在前面的华伊澈昂首挺胸,一副很了不起的得意扬扬形象,跟在后面的奥琪低着头像个受气小媳妇,两人的形象形成了极大的反差。

等他们进入船舱之后,后面还跟着个到处躲躲藏藏跌跌撞撞的华朵啦。好奇怪的组合,好无语的场面。三个疯子一台戏,这戏似乎还有自己掺和的一脚。

我跟维路希静悄悄地靠近华朵啦,我轻轻叫了她一声,她差点儿被吓得跳起来,玩跟踪玩到连自己也疑神疑鬼了。

"进展如何?"我瞟了瞟安静的船舱,那两个人进入之后好像就一直没有动静。

"还能怎样,如你所见,"华朵啦失望地叹息,眼角瞄到了站在我身旁的维路希，八卦地笑着，凑过来，"倒是你啊，艳福不浅。"

"你胡说什么！"

维路希以一种莫名其妙的眼神打量着我们，极度地鄙夷。这时，沉寂已久的船舱终于爆发了！刚才的一切都是暴风雨来临前的宁静啊，现在里面战况激烈得还能听到碗碟摔到地上清脆的响声。

我们三个人从窗户偷偷探进小脑袋，同时愣住了，里面在展开世界大战啊？连桌椅都到处飞……

置身于战乱中的两个人相互对峙，面无表情，双眼却都迸着火花，四目对视的空气中响起刺刺的电流声。

这样的两个人真的般配吗？本人陷入了极度的怀疑中，而我身旁的华朵啦倒是观战观得趣味盎然，自得其乐。

果然，我们不是同一个世界的人。

事情的最后还是没能撮合华伊澈跟奥琪，不过没准会日久生情呢，反正他们的路还很长，有的是时间慢慢去认识对方，而华朵啦也只能在唉声叹气中结束了这趟旅行。

在城堡里待了些日子，失踪一段时日的凉辰再次以一种特殊的方式出现在我们面前，在我盯着湖水发呆之时，他从湖水中浮了上来，衣衫一尘不染，发丝不沾一滴水珠。

他轻轻地把我拥入怀中，兄长一般地在我额头上落下一吻，轻飘飘的，仿佛被一片羽毛拂过额头，只是那里有温暖的触感在蔓延。

"让你久等了，影儿。"他的声音犹如醇酒般清冽怡人，我朝他点头，深深地吸气，回之以一个灿烂的微笑。我要留给他我最美好的笑容，我们是永远的好朋友。

第十一章 与涟漪岛说再见

"欢迎回来,凉辰。"

凉辰向我诉说了他离去的这段日子所做的事。

他重走了一遍我们从前一起走过的路,回到了我们一起生活过的地方,拾起我们所度过的幸福时光,他还找回了失去的记忆。

现在的他,是怀着与以前不同的心情与我道别。

"我亲手为你制造的小船能够让你顺利离开这片大海回到你的故乡,所有的人都在海边等你,快点儿去吧,你就快能实现愿望,回到离开一年多的家了。"

凉辰揉揉我的发丝,乌黑的发丝已在我不察觉间长及腰间了,像丝绸一般缠绕着他修长的手指。

我掏出十字剑手链放在他的手掌心,攥紧。然后站起来转身离开,不再回头看他一眼……到了真的要离开的时候,才发现原来说再见是如此困难。

这次分离之后还能再见吗?也许只是再也不见而已。我怕再看他一眼,眼泪会不住地往下流。

依然是这一片蔚蓝的大海,仿佛与天相接,一望无际。朵朵白云犹如轻纱一般缥缈清逸,好像只要微风轻轻一吹就会散开。

海边挤满了人,黑压压的一片,跟我离开故乡外出冒险时一样壮观。我在人群里寻找维路希的身影,却是徒劳,入目的几乎都是陌生的面孔以及犹如绿叶丛般的深绿色军装。

华朵啦叹着气对我摇了摇头,浓密的睫毛仿佛两把羽扇扇动,琉璃球般的大眼睛泪水涟涟地看着我,说:"影儿,再见了,回去之后无论那个地方有多精彩美好,都不能把这里遗忘,更不能把我们忘记啊。"

我点点头,想要说话却一个字也吐不出来,声音好像被卡在喉咙里一样,我咬着嘴唇与华朵啦相拥。

"天要黑了,是时候该离开了。"华伊澈拍拍华朵啦的肩膀,将她拥入自己怀里,那小可人儿把头埋在哥哥胸前,双肩不住地颤抖。离别,总是最伤人的时刻。

"各位,后会有期。"我登上小船,朝岸边挥手,凝望着那岸上越渐缩小的人影,眼泪终究是忍不住往下流,我捂着脸抽泣,默念着Shadow的名字,却迟迟得不到回应。

Shadow,你不是说过我们永远不分离的吗?那现在你在哪里啊?快回答我呀……我现在很需要你。

"影儿……"我以为是Shadow,然而腰忽然被人搂住了,那人的下巴抵在我的头顶上,熟悉的气味冲入我的鼻腔,我惊讶地大叫:"维路希!"

"是我。这是Shadow交代我送给你的,她让我转告你:'影儿,对不起,不是我不遵守承诺,只是我无法离开涟漪岛,我不过是守护这个岛屿的一只精灵,曾与预言家约定等待你的到来,却不想竟与你产生了这么一份友情。我会一直陪伴在你身侧,只是以另一种方式,你只要记住那个坚强的自己,那是我能送给你最好的礼物。'"维路希把一个盒子放在我手上,我小心翼翼地打开盒盖,端详着Shadow送给我的东西——雕刻画。

那是一块极其普通的木块,简单的纹理普通的色泽,可上面却刻着我在涟漪岛上认识的人——凉辰,华朵啦,华伊澈,奥琪,维路希……甚至连国王陛下也被刻入其中,还有两个与我相貌一模一样的女孩,那是我跟Shadow。

画中她抱着我,微微含笑凝望着我,双唇微张,我仿佛能听到

第十一章 与涟漪岛说再见

她用甜美温柔的声音对我说:"加油,影儿,我相信你。"

"影儿,我决定以后就赖着你了,涟漪国虽然有许多快乐的回忆,但是我可以与你创造幸福的未来。"维路希在我耳边呢喃。

"嗯。"我向后挪了挪,更加贴近他。即使在这荒寂的大海上被海水淹没,但至少我还有你……

我们就这样偎依在一起,任海浪推动着小船前进,任阳光照得我手中的雕像闪闪发亮……在这个大海的另一边,是我的另一个家。

它的名字叫涟漪岛。

远远地似乎听到有人在吟咏,声音在海上浮浮沉沉……

镜世

没有什么能阻碍

也没有什么值得停留而等待

静止着浮动的镜中花海

花啊

你是不是为我开?

月神

一切简单迷离

不存在爱与不爱的瞬息

跃动着给守护的人奇迹

影啊

你到底为谁哭泣?

(全文完)

番外一 莱尔女士离家出走

旁人评论莱尔女士——

人是个美人，年过半百依旧风韵犹存，但就是太唠叨了，嘴巴总闲不下来，非得像机关枪似的"噼里啪啦"说个没完没了。

一般人可受不了这种折磨，因此莱尔女士虽美，但勇于搭讪的人却少之又少。完全是只可远观，而不可亵渎了。

月影儿还很小的时候，父母就离家环游世界了，月影儿算是莱尔女士一手带大的。

莱尔女士当年比如今还要美上许多，领着还是奶娃娃的月影儿走在街上，简直就是移动的风景线，众人的焦点。路人纷纷投来惊羡的目光，结果莱尔女士一张口，全体跪了。

"小姐，不许啃手指！你知道指甲里面有多少细菌吗？四万到四十万个，指甲里面还会藏有指甲垢，一克指甲垢里有三十八亿到四十亿个细菌，还有很多寄生虫卵、各种病菌和病毒，比如大肠杆菌、肝炎病毒等。"

小月影儿默默地将手指藏在了身后，看着路边贩卖的冰糖葫芦，咽了口唾沫，小心翼翼地问道："莱尔女士，我想吃那个，可以吗？"

"小姐，路边的东西不卫生，你看这里风这么大，尘土飞扬，细菌和灰尘全粘在冰糖葫芦表面了，你吃冰糖葫芦，就等于把细菌和灰尘都吃进肚子里了，还有……你看那一个个山楂，这么红，一看就是上色的，万万吃不得啊。锅里高温熬着的糖会变成焦糖，焦糖色素吃多了也会导致中毒的！"

正在互喂冰糖葫芦的小情侣默默放下了彼此手中的冰糖葫芦。

路人惊羡的目光渐渐变味，带了几分探寻和嫌弃。大家的目光就像一把把利剑，"唰唰"地朝小月影儿发射，小月影儿害怕地缩在莱尔女士身后，瑟瑟发抖。

小月影儿因为莱尔女士，经常忍受这些不友善的目光，久而久之，变得越来越胆小怕事，根本不知道该如何跟别人沟通。

月影儿从未想过莱尔女士会有不聒噪的一天，直到莱尔女士见到了维路希。

话说，月影儿和维路希乘着凉辰亲手制造的小船离开了涟漪岛，在海上漂流了一天一夜，小船像被施了魔法一般，自动靠岸，停在了一片沙滩上。

月影儿几乎是一眼，就认出了这片她想忘都忘不了的沙滩。在这里，她举办了十八岁生日派对；在这里，她被各路媒体的"长枪短炮"对准拍下了一系列羞耻的照片；在这里，她离开了故土，开始了冒险。

这片沙滩离月家的别墅不远，月影儿凭着记忆，顺利领着维路希回到了月家。

维路希忍不住为她鼓起了掌，嘴上依旧一点儿不饶人："我们家影儿终于长大了，居然记得住回家的路了。"

维路希就是上天专门派来给她添堵的吧！

莱尔女士得知月影儿回来,并没有太大反应,就像月影儿只是到家对面买了个西瓜似的,稀松平常,只淡淡地说了一句:"小姐,欢迎回来。"

等到目光落在了月影儿身后的少年身上,莱尔女士瞬间不淡定了!

莱尔女士难以置信地瞪大眼睛,颤抖着伸出手指,指着维路希:"你你你——"

月影儿轻轻咳了一声,郑重地介绍道:"莱尔女士,我跟你介绍一下,这位是我冒险时结识的小伙伴,维路希。"

维路希虽然嘴巴臭了点儿,但讨人喜欢的套路却是一套一套的。只见他微微一笑,露出一抹温文尔雅的笑容,然后绅士地执起莱尔女士的手,稍稍倾身鞠了下躬:"原来您就是莱尔女士,真是闻名不如见面,影儿时常提起您呢。"

维路希本就生了一副俊俏的皮相,如今一笑,更是惊艳,身后仿佛瞬间绽放了朵朵玫瑰。从前月影儿看漫画,特别爱吐槽那些自带背景花的男性角色,没想到自己竟还真遇到了……

丘比特射出一支箭,正中月影儿的红心。

维路希还送了涟漪岛的特产——几个精致的贝壳给莱尔女士,礼轻情意重,维路希自认礼数已经做得差不多了,却没有想到,居然惹哭了莱尔女士!

月影儿也是第一次见到如此失态的莱尔女士。

莱尔女士怔怔地凝视了维路希一阵子,眼眶一红,一句话也没说,转身就跑开了。留下还保持着微笑的维路希和一头雾水的月影儿尴尬地大眼瞪小眼。

维路希嘴角抽搐:"什么情况?"

月影儿:"你……你问我,我问谁啊。"

据说那一天,莱尔女士从客厅跑到了花园,又从花园跑到了大门,最终跑出了月家。而距莱尔女士离开月家,已有一周。这是从未有过的!莱尔女士离开月家,从来不会超过五天!

莱尔女士无父无母,是个孤儿,从小被月影儿的曾祖父收养,一直在月家长大,几乎不怎么离开月家,一直尽心尽力地照顾着月家的人。

于是,关于莱尔女士的这次"离家出走",月家传出了各种版本。

版本一:莱尔女士当年正值花样年华,追求者无数,偏偏与学校里美貌与智慧并重的校草一见钟情。你是风儿我是沙,缠缠绵绵到天涯,就在两人难分难舍的时候,校草突然挂了。莱尔女士一直怀念这个校草,终身未嫁,结果这回一见到维路希,不得了!维路希竟和那校草有七八分相像,于是莱尔女士突然就想起了已逝的校草,悲从中来,离家疗伤。

版本二:莱尔女士一手带大了月影儿,如父如母,一心盼着月影儿快快长大,嫁入门当户对的家族,却不料月影儿外出冒险一趟,竟带回了一个来路不明的陌生少年。传闻这少年长得如花似玉,比姑娘还好看,月影儿被迷得晕头转向,不顾莱尔女士的反对都要跟他在一起,莱尔女士恨铁不成钢,一气之下离家出走!

版本三:月影儿冒险一趟,捕获一只狐狸精。据闻这狐狸精可化作人形,妖艳异常,通魅惑之术,月影儿和莱尔女士都对其一见倾心,不能自拔,于是情敌见情敌分外眼红。都说红颜祸水,如今没料到蓝颜祸害更大,竟让情同母女的二人反目成仇,莱尔女士扬言再也不要回月家了。

……

总之，传言花样百出，天马行空，一个比一个不靠谱，却又一个比一个传得像模像样，大家都跟亲眼目睹了似的。

月影儿一直以为只有城堡里的仆人们忙中作乐爱凑在一起聊八卦，没想到月家的仆人们也是一批八卦活跃分子。之前怎么就没发现呢？

"看来我以前根本没有留意过身边的人……"月影儿躲在墙角，听着花丛后的两个女仆嘻嘻哈哈地讨论着莱尔女士离开的原因，默默叹了口气。

从前的月影儿胆小怕事，长期躲在莱尔女士背后，每天都在担心别人会不会盯着她看，根本没心思去关心身边的人。

耳边突然有一阵湿热的气息拂过："鬼鬼祟祟的，做什么呢？"

回头，是维路希似笑非笑的一张脸。

嘿，还真别说，维路希这长相，的确挺妖艳。他的头发有段时间没打理了，已经齐肩了，脖子上淡淡的胎记就像是妖媚的花儿一样，更添了几分妖媚之色。

月影儿扑哧一笑："我听别人在讨论你呢，说你是狐狸精，迷惑了我。"

"哦？"维路希挑了挑眉，以理所当然的口吻道，"难道不是吗？"

月影儿翻了个白眼。这人脸皮还真厚！

又过了三天，莱尔女士还是没有回来。

月家没有了莱尔女士，乱成一锅粥，月影儿有些坐不住了。她开始思考，难道自己回来那天说错了话得罪莱尔女士了？难道自己做了什么惹莱尔女士不快的事情了？她甚至跑去问维路希："维路希，你仔细想想哦，是不是以前见过莱尔女士，跟她有什么过节？"

维路希无言以对，好笑地反问："所以你是觉得我能离开涟漪岛来到这里再回去，还是莱尔女士去了趟涟漪岛然后再回来呢？"

月影儿托着腮，坐在窗前，对着天上的一轮明月长吁短叹，郁闷至极：莱尔女士什么时候才回来啊？

这时，三道有点儿熟悉的身影出现在花园里。

月影儿仔细一看——

那个走在最前面的，不正是莱尔女士吗？至于后面的两个……是她那对环游世界的不负责任的爸妈！

月影儿也顾不上只穿着睡衣，立马趿了双拖鞋就跑下楼去，热情地迎接莱尔女士。

结果，莱尔女士看见她的第一句话居然是："小姐，你带回来的那个好看的少年呢？不会是跑了吧！"

"呃……"什么叫满腔热情被堵在喉咙里，月影儿算是体会到了，"他在客房。"

"那还不快带我们去见见他。"月影儿不靠谱的妈见到月影儿的第一句话不是嘘寒问暖，而是这么一句。

月影儿受到了伤害。敢情这三个人惦记的是维路希，一点儿都不关心自己！

也就爸爸还知道疼女儿，摸了摸月影儿的头感叹道："我们家影儿已经长这么大了啊……"

月影儿感动得眼泪汪汪，刚要开口喊爸，她爸却不紧不慢地补了一句："听说还带了个好看的小哥回家了。"

月影儿黑着一张脸:"……"

"影儿,怎么了?"楼梯上传来了维路希的呼唤。

月家父母的双眼瞬间点亮:"你……你就是我们家影儿带回来的少年吗?"

只见维路希诧异地点了点头:"你们好。"月家父母立马迎了上去。

莱尔女士在一旁默默地感动地擦了擦眼泪,透露了"离家出走"的原因:"小姐啊,你长这么大,终于交到朋友了,还是个这么好看的男孩子,我没忍住,千方百计找到了你的爸妈,把这件天大的喜事告诉了他们,看,他们都为你感到骄傲呢!"

月妈:"你是叫维路希是吧?你和我们家影儿是怎么认识的啊?"

月爸:"你今年多大?家里都有谁?在哪里长大的呢?"

月妈:"你皮肤真好,平时都是怎么保养的?皮肤比女孩子的还要好耶!"

月爸:"你接下来有什么打算呢?有没有规划过未来?"

维路希努力地保持微笑,逮住机会就向月影儿使眼色,示意她赶紧来帮忙。

但月影儿现在什么都不想说,她只想找个地方静静……

她开始怀疑,其实自己是外面抱养回来的吧?

番外二

凉辰和忍者

从凉辰记事起,他就是一名忍者了。

他大约是个孤儿,被忍者收养,教授忍者之术,成为忍者的爪牙,为忍者办事。忍者里大多是和他身世一样的人。

忍者到底是什么,他们不需要知道,只需要服从安排;忍者到底做什么,他们不需要知道,只需要服从安排;忍者到底代表正义还是邪恶,他们不需要知道,只需要服从安排。

凉辰十岁开始独立完成上级安排的任务。他的第一个任务不难,是给某个寻宝家族的小姐当一年保镖,暗中保护那个小女孩。

凉辰是同龄孩子中的佼佼者,能力过硬,几乎是不费吹灰之力就完成了任务。后来凉辰又完成了各种各样的任务,有友善的,有残忍的……随着年岁的增长,他渐渐麻木,成了一个无情无欲的冷漠之人。直到那一天,有人吩咐凉辰和其他六个小伙伴协作完成一个重要的任务。

七人坐上了老大安排的船只,前往目的地,但他们万万没想到,竟然会在大海中遇到风暴,船只沉没,所有人被海浪卷进了海里……然后,凉辰和其他三个小伙伴被冲到了涟漪岛。再然后,凉辰还失忆了!

喝几口海水会失忆？三个小伙伴表示不相信，只当凉辰是想趁此机会逃离，他们可不允许。要是少了凉辰这么个完成任务跟切菜似的队友，他们得忙成啥样啊！

大家都不傻，自然不可能放过凉辰，结果半路杀出个剑术了得的小姑娘。得，只能技术性撤退。一个凉辰就很麻烦了，如今又来一个厉害的家伙。三个忍者表示心好累。

害怕打不过他俩会丢了忍者的脸，三个忍者悄悄商量："要不我们先想想怎样离开这座岛屿，搬点儿救兵来对付他们？"

说干就干，三个忍者开始琢磨如何才能离开涟漪岛。他们自造了船只，结果还没驶出去多久，又被风浪打回出发点；他们想过造飞机，但实在能力有限；他们还找到了涟漪国的居民寻求帮助，却被告知没有人能离开这座岛屿，除非留下最重要之物……

日复一日，年复一年，三人还是没找到离开的方法，但他们慢慢习惯了涟漪国的生活。在涟漪国，他们不再盲目为忍者效命，他们可以不受约束，自由自在地做自己想做的事情——

忍者一号是个吃货，最喜欢吃各式各样的面包，于是他去了面包店打工，后来被面包师傅收为徒弟，现在已经会做很多品种的面包了，最近他还研发了几个新品种，深受好评；

忍者二号喜欢听音乐，起初是到乐器店当搬运工，后来被一名钢琴家相中，成了钢琴家的小厮，天天听钢琴家练琴，沉醉在音乐的海洋中，享受得很；

忍者三号没什么兴趣爱好，在涟漪国无所事事地浪荡了数月，某日无意间看见城墙上贴着招聘宫廷侍卫的告示，闲着也是闲着，就去试了试，没想到凭借这些年学到的忍术，误打误撞地成了华伊漵殿下的侍卫。

三个忍者在涟漪岛上各有各的际遇。他们每月的十二号会相约在小茶馆见上一面，从前是为了商讨如何离开涟漪岛，现在这三人已经把这事忘得差不多了，每次见面就是侃侃大山，分享下自己遇到的趣事。忍者三号每次聊八卦都是最积极的，今天却一副欲言又止的模样。其他两位忍者忍不住好奇地问他："你是不是有什么事瞒着我们？"忍者三号啜了口茶，有些犹豫："呃……你们猜我昨天见到了谁？"

另外两人催促道："快说快说！""我见到了凉辰！"忍者三号压低声音，神秘兮兮地说道。

"还以为你要说什么，"两人大失所望，"这有什么好奇怪的，我们四个一起被冲到这里，我们没办法离开，他肯定也没办法离开啊。""我是在城堡遇到的他……"两人点头。

"别人跟我说，他是这个国家的国宝，涟漪国的上宾……比公主王子地位还高！"

两人倒吸一口冷气："那小子混得不错啊！"

忍者三号叹了口气："同人不同命，我听说……那个长得跟洋娃娃似的华朵啦公主，好像有点儿喜欢他。"三个忍者一同叹气。

突然，他们想到了一个很严重的问题——

凉辰现在是涟漪国的上宾，他们如今是涟漪国的普通人，他们之前和他刀剑相向，他现在会不会……来寻仇啊？

一想到这个可能，三个忍者抱作一团，瑟瑟发抖。

他们现在很满意自己的生活，不想有任何改变啊！

实际上，他们这三个小角色，凉辰已经忘记得差不多了……每天要处理先辈遗留下来的烂摊子，事情这么多，哪有时间管这三个人啊！

绯色黎明

作者：九穗禾

定价：32.8元

起点女生网当红作者九穗禾最新奇幻大作，讲述了一个普通的人类少女阮阮，如何在纵横交错的人类、狼人、血族、女巫、人鱼几大势力间游刃有余，最终赢回尊严的传奇经历。

父亲的意外去世，流落的家族，神秘的传承，一切都扑朔迷离，但阮阮无所畏惧！因为她知道，黑夜终将过去，绯色的黎明终会到来。

一个有关梦想和尊严的传奇

那个神秘的偷心小姐

苏缠绵 著

古风才女苏缠绵
青春心理分析小说

《意林》告白的书
浪漫延续

人气写手 倾心力作 你想看的 恋爱秘密

定价：32.80元

一次爱情历练造成的人格分裂
一场守护爱情的计划
是条死，还是守护
神秘小姐的背后
究竟隐藏着什么秘密

意林精品图书推荐

《我不成仙 一 断尘绝念》
简介：不想成仙却毅然修仙，她见憨只想有朝一日对邪人说："纵你成仙，亦不可逃！"
定价：28.80元

《我不成仙 二 杀红小界》
简介：血衣修战袍，刻骨为利刃。她的通天坦途，便是他的穷途末路！
定价：28.80元

《我不成仙 三 流星赶月》
简介：敏锐与直觉，无一欠缺；缜密与果决，兼而有之。力敌群雄者，舍她其谁！
定价：28.80元

《倾世萌狐1》
简介：避难遇到了王爷家，竟然有去无回？冷酷王爷"情斗"憨萌灵狐，甜宠升级，深情不改！
定价：29.80元

《符神传说①斩焰少年行》
简介：接通元灵符界，交易、对战、派单……现实与虚拟之间，体味什么叫酣畅淋漓！
定价：28.80元

《符神传说②东川起风云》
简介：逆转鬼煞岭、人蛮荒探迷域，跨越空间界限，开启异度奇幻热血征程！
定价：28.80元

《符神传说③刀芒惊天下》
简介：巧进黑狱筑识海，烈焱龙雀惊天下。勇探天符浩土，领略异闻传奇。
定价：28.80元

《我的画风不太对①》
简介：当外星玩家遇到地球萌妹，爆笑爱情悬疑大戏惊喜上演！
定价：29.80元

《禁域①墓地神婴》
简介：皇者重现世间，只为触底反击，再创传奇！踏破乾坤纵横时空，禁域绝密即将揭晓！
定价：28.80元

《禁域②宗门斗者》
简介：扶桑谷内迷雾重重，时间长河、神秘女子……时空彼端，究竟有着怎样的秘密？
定价：28.80元

《风之守望者①》
简介：如何成为一个良好的被负责人？会做饭还会去洗衣服就把最强黑服负责人拿下！
定价：24.80元

《风之守望者②》
简介：拯救学长大作战，开始！学长，我们要毁灭世界吗？
定价：24.80元

《我的人生无须证明给你看》
简介：ONE·一个《读者》《意林》《花火》人气作者马扳2017年全新作品。
定价：32.80元

《那个神秘的宣愉小姐》
简介：青春、古风双料大神苏缠首部青春心理分析小说，一场守护爱情的计划……
定价：32.80元

《这一杯，我敬的是年少无知》
简介：悬疑推理小说作家何慕，出道六年，首部都市情感类短篇小说集。
定价：32.80元

《光年未至，盛夏已满》
简介：意林彩绘英文系列精选英语》杂志中最受读者欢迎的内容，轻而易举让英语变强！
定价：29.80元

《我不愿让你一个人走过青春的荒芜》
简介：95后模特级作者谢宁远写给你最深情的告白书。十五篇故事，是告白，亦是陪伴。
定价：29.80元

《对方正在输入中》
简介：那些爱与被爱的故事。年少时的懵懂酸涩，成熟后的感人至深；是心头的一枚朱砂痣。
定价：29.80元

《你是年少的欢喜，喜欢的少年是你》
简介：古风天后吾玉，初涉现代爱情，打造都市轻风之作。
定价：29.80元

《从此晚安我自己》
简介：95后男神作者何家豪首部青春成人礼童话，16个故事，说给成长成大人的你！
定价：29.80元

意林精品图书推荐

多味之恋 系列

《别来无恙，我的小初恋》
简介：销量超百万作家沈嘉柯暖心力作，陪你一起挥别青春，再出发。
定价：29.80 元

《喜欢你这句话，我憋住了整个青春》
简介：数十篇青春伤感故事，带你领略成长、青春、爱恋的阴晴圆缺。
定价：29.80 元

《遇见你，就是最对的时候》
简介：青罗扇子、周德东等作家用文字演绎纸上电影。时光远去，我们永远青春。
定价：29.80 元

《我记得你说过的每句美好》
简介：独木舟、夏七夕、七微等名家用真挚的笔触探究青春的色彩。
定价：29.80 元

深夜暖心 系列

《这世间所有的纸短情长》
简介：织梦人张芸欣在深夜为你点一炉青莲之香，寻找渐渐远去的青春与年少。
定价：29.80 元

《世界那么大，命中注定遇见你》
简介：每个人都会接触形形色色的人，又会和一些人聚聚散散，马叔说：这些相遇都是命中注定。
定价：29.80 元

《我不怀念你，我只怀念有你的往昔》
简介：继《左耳》之后深入骨髓的疼痛青春，每个人都可以在她的故事中找到最原始的自己。
定价：29.80 元

《花与巡夜人》
简介：国内一本填色减压故事书，抚触你的心灵，治愈现代人的都市病症。
定价：36.90 元

十八而志 系列

《少年从不等风来》
简介：关于年轻人的追梦故事，他们用自己的特立独行，创造属于自己的天地。
定价：29.80 元

《你的人生不需要别人点赞》
简介：大人物从这里起步，成就了丰盈的人生。数百篇故事告诉你成功者的秘密。
定价：29.80 元

《逆光飞翔，微芒盛放》
简介：名人的磨难被晾晒成坚强，带给你十八而志的青春励志的正能量。
定价：29.80 元

《像明星一样去战斗》
简介：数十位明星的奋斗史。逆袭背后，都是平凡生活中的伟大梦想。
定价：29.80 元

大阅读 系列

《脑洞君，请收下我的膝盖》
简介：理科的严谨与文科的情怀，二者都能拥有。
定价：28.90 元

《我心有故虎 而你只爱一枝蔷薇》
简介：量身为中学生打造的心灵读本！
定价：28.90 元

《一生心事只得一人来解》
简介：与名家碰触思想上的火花，快乐成为阅读的领跑学霸。
定价：28.90 元

《好男孩上天堂 坏男孩走四方》
简介：毕业于剑桥大学的才女陈叠意图围观世界名校男神！
定价：29.80 元

初心讲义 系列

《把你所有的不安都交给我来暖》
简介：讲给你听，117 个如同心灵抱抱的故事。
定价：29.80 元

《所有人的坚强，都是柔软生的茧》
简介：玻璃心的朋友们，看这里！讲给你听，125 个含泪奔跑的人生故事。
定价：29.80 元

《生命中除了爱，其他都是行李》
简介：讲给你听，召唤小确幸的 111 个故事。
定价：29.80 元

《都道初心不可负，而初心是何物》
简介：133 个初心故事，既有明星大家，又有平凡人物，从故事里闪耀初心的光芒。
定价：29.80 元